不妨换个角色去认识一下这个世界

39封动物来信

［法］菲利普·勒歇梅尔/著
［法］黛尔芬·裴莱/绘
任 真/译

四川少年儿童出版社

目 录

狐狸写给母鸡的信

母鸡夫人：

毫无疑问，看到这封信时，您一定会怒气冲冲地把它踩在脚下，或是啄成碎片。然而，我恳请您不要这么做，请您控制住狂怒的心情，停下您因愤怒而拍打的翅膀。我当然不会不了解过去多少个世纪以来，您的鸡家族和我们狐狸家族之间的恩怨纠葛，但是，我觉得这些都将成为过去，是时候翻开新的一页了。我们已经是现代人了，就让我们忘记曾经的是非争议，和平相处，不要再像我们的祖先那样愚昧无知，结束这毫无意义的争吵吧！

我知道，单凭我真挚的情意并不能轻易将您说服，然而，我之所以决定给您写这封信，而不是写给您的丈夫——公鸡先生，是因为您作为一位母亲，特别是身为鸡妈妈，一定会格外关注孩子的成长环境。对于年幼的小鸡而言，还有什么能比一个清除了一切危险的世界更有利于他们的成长呢？

不用说，您一定还在犹豫该不该相信我的提议。您会觉得即使我向您伸出友好的爪子，脑子里也一定还装着什么见

入场券
水煮鸡

不得人的想法，而且我必定对您及您的同胞不怀好意。我非常理解您的迟疑，为了彻底消除疑虑，我建议用一种特殊的方式巩固我们和解的成果，以一种结盟的形式，这种结盟可以让我们永不分离，同时开启我们之间更为亲近的关系。我左思右想，冥冥之中，我的步伐引领着我靠近您的女儿，这位年轻美丽的小姐，我多么希望能够娶她为妻，以此见证我与鸡家族修好的心意，相信对您而言也有同样的意义。

您觉得如何？我觉得这个主意简直太棒了！我不得不向您坦白，自从见过您的女儿之后，我彻夜难眠。她长着布满斑点的羽毛，而我有一身红棕色的皮毛，我们定会成为最引人注目的一对佳偶。我并没有奉承您的意思，但我必须承认，认识了您之后，我才彻底明白为何您的女儿如此令人痴迷。不，不，千万不要脸红，不可否认，她遗传了您的优点：散发着健康气息的鸡冠，灵动睿智的双眼，看得出您平日对女儿的关怀照顾定是无微不至。

母鸡夫人，您觉得如何？您同意把女儿交给我吗？

想象一下即将在我家举行的盛大庆典，您和您的家人全都在场。这将会是一场无与伦比的盛宴！希望您能看到我的赤诚之心，也希望您能说服您的丈夫——公鸡先生！

期待收到您肯定的答复，这将为狐狸家族与家禽界的和

解做出极大的贡献。母鸡夫人，请接受您未来女婿最诚挚的问候。

祝好！

狐狸

母鸡夫人：

我再次提笔给您写信，心中充满了悲痛难过。若不是我还坚守着那无尽的希望，让我能继续坚持的那一点儿力量早就离我而去了。

您在回信里告诉我，您的丈夫，公鸡先生说，在他有生之年，永远不会让女儿和像我这样的偷鸡贼交往。“除非，等到母鸡长出牙齿的那天。”

您说他又看到我在鸡舍边上溜达，他让您关闭鸡舍大门，好等他回来让我尝尝棍子的味道。

您还说，“尽管并不完全同意丈夫的看法”，并且您依然觉得我是“一位完美的绅士”，但“明知我会失望”，您还是“必须服从丈夫的决定”。

从那天起，我就变成了一具行尸走肉，身体日渐消瘦，每天无精打采。我没有一分钟不在想您的女儿，我无法停止想象我们一起生活的场景。然而，这些幻想只会让我更加痛苦，每当我重新回到现实生活，我都倍感忧伤，日子变得苍

温馨
的家

白惨淡，就像一整天都没有吃肉一样。我什么都吃不下，这让我的朋友们很担心，他们说我现在瘦得皮包骨头，我必须想法子恢复健康才行。但是，他们又怎能理解我的心情。您的女儿在我心里，比什么都重要。

我希望您能公正地看待我和您女儿之间的关系，请允许我与您的女儿继续来往，我会藏在您家的栅栏外面，但我觉得应当得到您全家的认可，这样我们才算正式确定关系。您不会不知道我对您以及您家族的仰慕之情。不幸的是，自从我给您写第一封信起，您的丈夫不仅大声恫吓威胁我，而且还禁止您美丽可爱的女儿与我相见。她整天被关在鸡舍里，甚至连栅栏周围都不能去，那里曾留下我们多少甜蜜的情话。多么残忍的行为！面对这些不公平的待遇，我的心流血不止。

“等到母鸡长出牙齿的那天！”天哪，我真的受够了！我简直不知道该如何表达我此刻的想法了。我真想知道你们长出一口像我这样的牙齿有什么用处。难道是为了嚼玉米粒？那你们的小嘴可真有的受了。而且，想要养好这一口牙可不是一件容易的事情，你们根本无法想象这需要花费多少时间和精力。为了保持牙齿洁白，没有龋齿，我每天刷三次牙，还要定期去看牙医，这样，我的牙齿才能像锋利的刀刃一样。

尽管最近几日，我因为沉浸在悲痛之中，身体欠佳，时常头晕目眩，肚子咕噜叫，就好像我的悲伤已经侵入了胃里。但是，请您相信，我仍旧是一只注重保养的狐狸，我的毛发仍然光亮，我的院子也收拾得干净利落。

想到您与我，我们马上就要达成一致。这在动物界的历史上绝对是一个创举。我仿佛已经听到了人们的议论，“几个世纪的仇恨终于消除了，一只狐狸娶了一只鸡小姐”，或是“一只母鸡与一只狐狸和解，并且把她的女儿许配给了这只狐狸”。这绝对会是意义非凡、超乎寻常的一件事情，您的名字将会载入历史，您或许会成为全世界最知名的母鸡。不用我赘述，相信您能想象出到时候您在鸡舍无与伦比的威望。总之，狐狸和家禽都会对您刮目相看。

我最后的希望是说服您的丈夫。您能否与他同来我家做客呢？或许见面聊聊，我们就能找到解决问题的办法了。我们之所以会产生误解，通常都是因为了解得不够。正是担心和忧虑让我们心存芥蒂。请来我家吃饭吧，与您的丈夫一起，带上您的女儿，这将会是多么美好的时刻，我已经开始憧憬了。要是您还不放心，那就带上全家人一起来。我家里并不宽敞，我们只能挤挤坐了。您可以更近更仔细地看看我的牙齿，想必您一定会惊讶地发现我的牙齿得到过多么精心

的护理。

希望您能接受我的邀请，母鸡夫人，请接受我悲伤又诚挚的问候。

狐狸

又及：请向您的女儿转达我无尽的爱意！

母鸡夫人：

您的来信又一次让我哑口无言。您再次怀疑我的真诚，要不是想到您现在正沉浸在悲伤与忧虑之中，我一定会非常非常气愤。

怎么会这样呢？您的丈夫，公鸡先生已经失踪十天了，而您听到些消息，却开始怀疑我与这件事有关？

您怎么会这么想呢？是不是因为您的丈夫周四早晨来见我，想要让我彻底放弃追求您女儿的想法？负责寻找的农场主说在我家附近发现了几根羽毛。

亲爱的母鸡夫人，但愿我说的这些话不会让您觉得难过。我明白您所经历的痛苦，我已经独自在家待了很久了，孤独地被全世界遗忘。我能想象到您的担忧，并且强烈地希望您的丈夫，那位阻止我迎娶您女儿的公鸡先生，能早日回到您的身边，然而同时，我又担心这似乎不大可能实现，但愿这么说不会加重您的悲伤。请原谅我的直言不讳，但您要知道，您家周围的篱笆围栏可是相当坚固呢。您的丈夫也太

摇滚乐
入场券

不小心了，竟然独自去森林里散步，真是太大意了。况且，他还没有锋利的牙齿。总之，您千万不能认为是我做了对他不利的事，即使，只是说即使，即使他有那么一点顽固，我想说的是顽固不化，在某些事情上很固执，但我依然很尊重您的丈夫。

如果他能与你们一起来，就像我跟您建议的那样，或许他就不会遇到这样的事情了。当然了，谨慎行事永远都不会错。但是，公鸡先生这次一定又是自作主张，像以往一样……

母鸡夫人，正如我跟您说过的一样，我非常能够理解您现在所承受的痛苦，但我再次声明，我与您丈夫的失踪没有任何关系。然而，我还是忍不住要发一点儿牢骚：真是难以接受，人们竟然又把矛头指向我，我想知道您为什么这么相信农场主的话。您知道的，农场主从来都看不惯我，总是威胁说要用棍子、用枪打我。您可得小心他，如果您丈夫失踪一事水落石出，他一定脱不了干系。炖鸡肉、鸡尾酒、烤鸡，他可不是第一次打您家的坏主意了，这还不算那些被他偷走的鸡蛋。好吧，您要如何做由您自己决定，反正我要说的就是这些了。

另外，您的女儿最近如何？但愿她没有因为父亲的失踪

周一
周二
周三
周四
周五
周六
周日

而过度悲伤，希望她还能像以前一样正常吃饭。很不希望看到她失去往日的魅力，圆润的体形很适合她。至于我，我已经感觉好些了，但身体还是有些虚弱，只要您的女儿还没进我的家门，对我而言，一切都食之无味。然而，近十天，我渐渐恢复了食欲，现在我正在吃饭，虽然这些食物都不大新鲜，但是我已经感觉好多了。而且，我也更有精神了。谁又知道呢，或许我们下次见面就是在婚礼宴会上了？您觉得如何？我知道您会忠实地守护关于您丈夫的回忆和他的意愿，但是您也知道这次结合是一个很棒的主意。想象一下，当您回到鸡舍，其他所有鸡都拍着翅膀，在您家门口小声议论着："就是她，她把女儿嫁给了一只狐狸。现在全世界都知道她的名字了。"好好想想吧，母鸡夫人，所有的荣耀，名誉……

送上我诚挚的慰问！

狐狸

最最亲爱的母鸡夫人：

可否允许我在信的开头叫您一声“岳母”？这个称谓对您来说简直再合适不过了，这并不是要巴结您，只是畅想一下未来，总还是可以的吧？

哦，岳母大人，您终于决定将女儿嫁给我了，我简直太高兴了，我现在是全世界最幸福的狐狸，我嘴边流着口水，身体也因兴奋而不住地颤抖，激动得连胃都要收缩起来了！啊，我万分确信，这就是幸福啊！

那么，我尽量长话短说，实在有太多事情等着我去准备，我希望在仪式结束后能与您坐下来聊聊。仪式将在我家院子旁边的那棵大橡树下举行。您知道吗，正是在这里，他们说发现了您丈夫公鸡先生火一样颜色的羽毛。我多么希望这次婚礼能成为一个令人难忘的盛宴，我建议您带着全家老小一同前来，当然包括您可爱迷人的女儿，但也别忘记带上她的兄弟姐妹们，还有您其他诱人的鸡族亲戚们，这是多么令人羡慕的大家庭啊！小鸡们也可以一同前来，不要担心，

我会安排好这一切的。为了让您的英明决策家喻户晓，让全养殖场的动物们都景仰羡慕您，我建议您邀请他们一起参加婚礼。火鸡夫人和她的丈夫火鸡先生，当然还有他们的孩子们。鸭夫人和她的家人也一样受欢迎，同样还有和你们生活在一起的那几只山鹬。但是，希望您能理解，我并无意邀请农场主，同样也不想见到他的狗，一想到他们曾经把您丈夫失踪的事无端地怪罪在我身上，我就完全没有心情邀请这些满口胡言乱语的人了。此外，您最好不要告诉他婚礼的事情，他这样一个粗野蛮横的人，很可能会搞砸这件事。为了方便您携亲朋好友前来，我还要告诉您一个小秘密，那就是在鸭子家水塘后面的栅栏上有一个大洞，你们可以从那里悄悄地溜出来。

您是不是会觉得这样办婚礼有点儿太兴师动众了？但您要知道，这可是关乎您女儿一生幸福的大事啊！并且，我也一直希望能有一场盛大的婚礼，不想落下任何一位亲友，我们可不能太小家子气了！您不必为此担心，我这边也不只我一个。黄鼠狼和鼬鼠，这两位老友会来和我们一起庆祝，同时，我还在等侄子小狼确认他的时间。您看，这次婚礼将会非常成功，这正是我喜欢的盛宴！

还有什么要说的呢？您觉得在晚上举行仪式很奇怪吗？

不会的，沐浴着皎洁的月光，这将会是一场多么别致温馨的婚礼啊！母鸡夫人，我们要紧跟时代的步伐啊。而且，晚上也不会有其他人打搅我们……

我已经迫不及待想赶快庆祝我们的大日子了！亲爱的岳母大人，向您献上我衷心的祝福。

狐狸

鹅夫人：

我给您写这封信，是想第一时间消除所有的误会。现在的这些人简直坏透了，肆意妄为、血口喷人，身为野生动物，我们理所当然地成为了怀疑的对象。

毫无疑问，这次又是农场主和他的狗制造的谣言。鹅夫人，已经不是第一次发生这样的事情了。每次有什么不幸的事情发生，他都会怪罪到我的头上。这是狐狸做的，那是狐狸做的，总之，所有的坏事都和狐狸有关。请原谅我提起这些令人伤心的往事，但是，难道不正是农场主把您的母亲，那只在森林里乃至森林之外都声名远扬的、肥美至极的鹅夫人，变成了圣诞节的一道大餐？正因为如此，我希望您仔细想想：您觉得我会残忍至此，连可怜的小鸡们都不放过吗？鹅夫人，您要这样认为的话，我会很心痛的。我才不是一头怪物。

谣言说我要和一只鸡小姐结婚？您千万不要信以为真！我，狐狸，娶一只母鸡当老婆？她那么愚蠢，我丝毫没有半

入场券
AC/BC
鹅爪

点儿兴趣。请您相信我，如果我真的要迎娶养殖场里一位女士，那也一定会是一位聪明的女士，我才看不上那些整天只会叽叽喳喳的母鸡和咯咯叫的火鸡。我喜欢的是那些优雅高贵的女士，有谁能比得上嘎嘎叫的鹅女士？您的叫声多么优雅高贵，啊，嘎嘎叫的鹅夫人。

除此之外，我还想告诉您，我觉得您的女儿，美丽的白鹅小姐真是太惊艳了，我曾与她有过一次邂逅。那天，我看见她在水塘边上晒太阳：柔软的脖颈、亮洁的羽毛，还有她那略微鼓起的嗉囊！多么健康迷人啊，一看到她，我的心情都变得无比明媚！或者，我们可以见面聊聊？您可以与您的丈夫鹅先生同来，我将会真诚地与你们畅谈。您要知道，我家虽然并不富裕，但我会准备一桌简单的饭菜，一切都会很舒心随意。

期盼您尽快回信，鹅夫人，请接受我最崇敬、真挚的问候。

狐狸

又及：请转告您的女儿，我觉得她简直美极了……

蚂蚁写给蚁后的信

亲爱的掌管白鼬森林空地的蚁后陛下：

女王陛下，请原谅我冒昧给您写信。我只是一只不起眼的小蚂蚁，和其他二十万兄弟姐妹一起生活在白鼬森林的空地里，我知道您的时间十分宝贵，但是我已经寝食难安有一段时间了。

从我记事起，我就生活在白鼬森林里，我住在 T5 大区，2541 小区，第 16 坑道。我在这里做了不少工作：最开始，我负责坑道保洁，由于出色地完成了这项工作，我晋升为专业技术工人，负责修复坍塌的坑道。我想告诉您，这份工作简直酷毙了！之后，我被推荐去采购部门，工作内容是寻找死去的昆虫尸体和人类丢弃的面包屑，然后把它们搬回来。实话告诉您，我们拖回来的这些东西个头儿可不小，都是 XXL（特大）号的，又大又重！

好了，女王陛下，诉苦到此结束，我之所以给您写这封信，是想向您诉说我心中的火焰。我的生活，谁会关心我的生活呢？不，我之所以写信给您，正是因为我很苦恼，但

假期？有什么用？我热爱工作！
劳动模范？棒极啦！
工作？伟大！

是，我仍然要保持礼貌！是的，这可能会令您感到惊讶，我们每天有那么多工作要做，要与成千上万的蚂蚁擦肩而过，但是，我还是很困惑。这感觉不是从昨天开始的，不，不，已经持续有一段时间了，我很苦恼，比遇到面包屑卡在冰箱后面还要苦恼得多！

我已经受够了每天早晨重复同样的工作，一块一块地搬运屎壳郎的尸体，或是断了气的蚱蜢，这只需要五分钟时间，但是，搬完之后，我就开始恶心想吐，这工作真的要把我逼疯了，我受够了所有这些……

当然，还有我的同事们，但是我们几乎不认识彼此，对我们而言，其他蚂蚁都一样，都只是一些编号而已。有时候，我和3589号、451号一起工作，有时候是666985号，或是231号、74号、7854122589号、112599号。除了编号还是编号！到了晚上，二十个小时的工作终于结束了，每只蚂蚁回到自己的大区，再回到自己的小区，自己的坑道。然后，第二天，一切又重新开始，相同的工作，日复一日，这和死亡有什么区别呢？

我之所以告诉您这些并不是想要得到同情，我很坚强，您千万别觉得我是一只懦弱的蚂蚁，我绝对不是！我想要的只是一点儿改变，做点儿其他的事情。我已经和我

本月员工
烦了？
压力大了？
来做义工，
换换心情吧！
我啊，为了多工作，我发现，自己夜里已经不用睡觉了！
这简直太棒啦！

的主管——55569号说过了，但是她告诉我，这事不归她管。然后，我又去找了23号，但是她不在家，代替她的511112458号也不知道我该找谁。所以，如果能得到您的帮助，我将感激不尽。

我知道这对您而言简直易如反掌，恳请您帮帮我，请接受我最真诚的敬意。

2525号蚂蚁

亲爱的掌管白鼬森林空地的蚁后陛下：

首先，在我开始写这封信之前，我想要感谢您为我所做的一切。亲爱的女王陛下，我从来没想过这么快就会得到您的答复！我寄出上一封信之后，还不到半个月，就被安排到了另一个岗位！所以说，只要您一声令下，事情总会很快办成。

现在，我仍然在供应部工作，但是换了工作地点，这次他们安排我去垃圾箱，我负责搜寻、挑拣，确认垃圾箱里有没有我们能用的东西。但垃圾箱里的味道也不总是很好闻，人类有时候会扔进来一些很恐怖的东西，这个工作其实有点儿脏，但话又说回来，之前我想要改变，这不就有了变化嘛。

最开始的时候，我还是很开心的，但很快我就发现，不管是这里的气味，还是其他条件，似乎都比以前的岗位还要差。说到我的同事们，这里的也一样没有任何人情味，我和7778号、1126号、51号或是999839997415号一起工作，和以前完全一样。所有的蚂蚁都在埋头工作，从来不开玩笑，

咖啡
咖啡
机
100%
高脂肪
生活、
金钱、
脱脂、疱疹、
口干舌燥、
自动机械

从来不交流，只有工作。

后来，就在我变得越来越孤僻的时候，却遇到了一件很神奇的事情，我敢说对大部分蚂蚁而言，这些事情一辈子都不会碰上几次。有一次，我正在处理刷着芥末酱的热狗碎屑，不知为何竟然被包裹热狗的纸袋吸引住了。我的女王陛下，您一定要看仔细了！在白鼬森林的空地里，我从来没有见过这样的东西：包装袋上有一幅彩色的图片，上面画着一片蔚蓝的、广阔无垠的大海，在海边的白色沙滩上，一些人类悠闲地躺着，他们竟然不用工作！您可以想象吗？什么都没做，他们什么都没做！您相信吗，女王陛下？

那天晚上，我回到坑道里，兴奋极了，想象着自己也躺在那样的沙滩上，晒着太阳，不用工作，安静得像一座雕塑。

我对这样的生活充满了渴望，第二天就去找了我的主管。我不会占着岗位不做事的，还有那么多蚂蚁想要得到这份工作。

主管一进办公室，我就立即上前请求辞职。

“你要去哪里工作？”主管 32129 号问我，“你才刚来这里没几天呐！”

“工作？”我回答道，“我不想工作了。”

30°
冲浪!
阳光

32129号一开始并不相信我的话，她觉得我在和她开玩笑。然后，我告诉她："这不是玩笑话，我是认真的，我不想工作了，我要去沙滩上，整天躺着晒太阳。"

"你真的要走？"她摇动着触角，惊讶地瞪大了眼睛。但过了一会儿，她很快就意识到我是认真的，于是叫来了负责安保的蚂蚁，我随即被关进了幽暗、封闭的单人牢房里。我想要告诉您，我说的这些绝对没有半句假话！

我让他们放我出来，我告诉他们我认识您，女王陛下，他们才同意让我以个人的名义给您写一封信。他们警告我，鉴于我之前的表现，会安排我去地下坑道里工作，直到我生命的最后一天！

事情就是这样。敬爱的女王陛下，我再次请求您的帮助。在这间小牢房里，我什么都做不了，我简直痛不欲生，就像一颗被丢在水里的小石子儿，想浮却浮不起来，甚至比这种感觉还要痛苦，我快要发疯了！

期望您能出手相救。

2525号蚂蚁

女王陛下：

您好哇！

之所以给您写这封信，并不是想要告诉您，在现实生活里千万不能过分指望别人，我才不是一只爱记仇的蚂蚁，所以我给您寄了一张印着大海的明信片，想让您看看这里的风景！这里的生活和蚁群的生活完全不同，和我们在白鼬森林坑道里的生活也完全不同！我沐浴着海水、晒着日光浴、玩着沙滩排球和其他沙滩游戏，多么惬意啊！啊，美好的生活！

我还在这里交了一个女朋友，她是一只蝉，一位音乐家。我想要告诉您，和她在一起，我简直快乐得要飞起来了，再也不用发疯似的工作了！

啊，我还要告诉您，我从牢房里逃出来之后，当我终于想明白再也不用指望您了，这个想法令我感到好受多了，甚至满心欢喜。见鬼，女王陛下，要是有一天，您也决定放弃现在所有的一切，一定要提前通知我！我会为您准备一个小院，连同我的女朋友和我，我们可以一起生活……您要明白，人生只有一次，应该尽情享受！

祝好！

2525号蚂蚁

蜗牛写给鼻涕虫的信

鼻涕虫小姐：

请您原谅我如此冒昧地闯入您的生活。几天前，我在翻看花园植物种子目录时，偶然发现了您的一张照片，自那之后，我的生活被彻底颠覆了。我很难用语言表达我当时的心情，因为那是我第一次产生这种感觉，一种非常愉悦的感觉，但同时又伴随着一种痛苦的、急切的希望，我多么想把您拥抱在我布满黏液的臂膀中。当我发觉这不过只是一张照片的时候，美丽的心情顿时蒙上了一层薄雾似的忧伤。

我担心这本册子会被人拿走，所以便剪下了有您照片的那页广告，并把它贴在我的壳里，这样，晚上我睡觉的时候，就可以如愿以偿地看到您的照片了，像是睡前凝望星空一般。从那以后，每晚我都伴着香甜的美梦入睡。有一天，我想到，要是您能和我一起入睡，而不是您的照片，那就更美好了。

于是，今天一早，我便来到了园丁的车库里，在目录那页仔细地查找，终于找到了您的地址，于是便有了这封信。但愿您能收到我的信。

STOP 鼻涕虫
超强杀伤力
“害虫全死掉”
STOP 鼻涕虫
您的花园值得拥有！
您菜园里的害虫
几乎无害
专门对付

还有一件事，我必须要告诉您。我生性腼腆、内敛，大家经常批评我总是待在自己的壳里不出门。比如说，我就没有您拍照的勇气，我想说的是，光着身子，把背上的壳脱掉。但是，正因为您和我离得很远，我才有勇气提笔给您写这封信。我太喜欢您的鼻孔和修长的触角了，它们让您看起来特别有智慧。

好了，就说这些吧。您的照片给我带来了多大的触动，您现在应该有所感知了吧！我想您拍摄了代言园艺产品的广告之后应该变得很有名了吧，而且，这一定也不是您第一次收到倾慕者的来信吧？尽管如此，我还是全心期盼着您的回信，或许您可以送给我一张有您亲笔签名的照片。

您的仰慕者：蜗牛

鼻涕虫小姐：

我真是太惊喜了！您绝对不会知道您的回信给我带来了多大的快乐。上周我给您写信的时候，从来没有奢望过会这么快就收到您的回复，对我而言，您是那么遥不可及，园艺杂志上的大明星，菜园里最著名的歌唱家！我的哥们儿看过您亲笔签名的照片之后，简直不能自拔。您可能会怀疑我说的话，但您要知道，您现在可是远近闻名的大明星，连最偏僻的花坛都知道您的名字。在我们这里，我所有的朋友都认识您，他们全都慕名前来观赏您的照片。我把您签过名的照片用图钉钉在我的壳上，就钉在上一张照片的旁边。

您想了解我的生活？想知道我每天在做什么？您可能要失望了，我每天也没什么特别的事情可做，都是些生活琐事。每天一大早，我们伴着晨光起床，吃些生菜的嫩芽填饱肚子，然后一整天都待在壳里不出门。等到晚上不那么热的时候，我们再出门去找生菜叶子吃。乡下的生活就是这么简单快乐。但是，也会遇到一些特别的时刻，比如要是一整天

从早到晚地下雨，我们就可以大摇大摆地出门吃东西了，所有可以找得到的美食，生菜、小萝卜、草莓……或者，有的时候，园丁会设置一些有毒的陷阱，我们就只能去更远一些的地方寻找食物了。但是大多数时候，我们都无事可做，只能待在湿润的壳里。然而我可能跟他们有些不一样，自从看到您的照片之后，我所有的烦恼一瞬间消失得无影无踪。我没有一分一秒不在想着您。我敢保证，我跟您说的没有一句是谎话……

好了，该去菜园里吃饭了。期待能尽快收到您的回信，献上我崇高的敬意。

您的仰慕者：蜗牛

亲爱的鼻涕虫：

再次收到您的回信简直让我欣喜若狂！看到还粘着黏液的信封，我的心就狂喜不止，壳里的身体都开始激动地颤抖。

通过这封信，我开始渐渐对您的个性有所了解，这真是一件无比幸福的事情，拿什么都换不来的幸福感，就算是用一车野苣或是鲜嫩多汁的菠菜芽也不行！

怎么会这样呢？您已经厌倦明星生活了？厌倦了闪光灯下的明星照、各种奢侈品和漂亮的衣服？在杂志封面上展露您迷人的形象，在无数人的眼皮下完全展示您自己，这些都让您觉得难为情？

我非常理解您现在的感受。然而，若是您停下现在所有的活动，多少人会为此而伤心难过！我的同胞们一听说您考虑退出娱乐圈，立刻目瞪口呆。

但我跟他们解释过原因之后，他们也都表示理解。而我自己也花了一些时间消化这个事实。直到现在，我都觉得这一切都像是我的一场梦。

嘉宾

您竟然选择了我！我！一只与其他千千万万蜗牛同胞一样普通的蜗牛！实话告诉您，刚开始的时候，我跟他们说您想要与我见面，他们都不相信我的话。我只好向他们解释，您已经厌倦了名利，您也只是一只从乡下走出去的鼻涕虫，您想要的不过是一个种着鲜脆生菜的小菜园。

他们还是不相信我说的话，我只好把您给我的信拿给他们看，您亲笔写道，若是能和我一起生活在蜗牛壳里，与我这样一个单纯的小伙子共度余生，会是一件很幸福的事情。您已经看够了那些复杂、虚伪的男人，总之，若是得到我的允许，您会马上打包行李上路。

真应该让您看看我的朋友们的表情，他们一个个惊讶得合不拢嘴，简直高兴坏了！至于我，不瞒您说，我已经坐不住了！我把我的蜗牛壳打扫了好几遍，确定一出门就有刚出土的萝卜幼苗，我不知道还能为您做些什么。我决定，与其在这里无所事事，不如去您家里接您，这样，我们就可以一起回家了，在路上还有足够的时间可以聊聊天。您觉得如何？我们不用着急赶路，高兴在哪里停下就在哪里停下，我们可以尝尝路边的野草，像吉普赛人那样自由自在。这主意不错，您觉得呢？

♡欢迎鼻涕虫小姐♡

啊，但愿您能体会到我渴望与您尽快相见的迫切心情，连我的触角都激动得颤抖起来。

您忠实的仰慕者：蜗牛

我亲爱的鼻涕虫：

谢谢您第一时间回信给我。为了节约每一分钟，我收到您的回信后就立刻爬到园丁的小屋里，查阅挂在旧日历旁的一幅地图，这样我就可以知道您的住址了。好吧，您已经告诉我了，您住在巴黎，很好找，因为地图上标记着一个大红点。我住的地方叫博兹奈克，地图上本来没有标记，但是园丁马尔瑟林先生在那里画了一个叉，这样我们就知道自己住在哪里了。

我认为，最便捷的方法就是，您在城门口路肩旁的路牌下面等我。在那里，我们经常可以看到茂密的蒲公英，非常可口，这样您等待的时间会过得快一些。

我马上就要上路了。为了让我们的旅途更加愉悦，您知道吗，我把我的蜗牛壳从里到外全部翻新了一遍：贴上全新的墙纸，铺上漂亮的小桌布，新打蜡的木地板。您要是看到了，一定会惊讶又欣喜！

您要注意安全，等我的时候离马路远一些，路上的司机

可都很疯狂，我们永远不知道下一秒会发生什么。我简直迫不及待地想要带您来我家了，待会儿见！

您永远的追随者：蜗牛

鼻涕虫小姐：

我一时间没有反应过来到底发生了什么，在回家的路上，才逐渐意识到您竟然如此将我玩弄于股掌之间。当您开始用那些花言巧语糊弄我，还提出一起生活的建议时，我怎么没早点提高警惕呢。之前我的朋友们就提醒过我，说我应当小心——他们说拍照的时候脱掉自己的壳，这种做法简直太不像我们腹足纲动物了，但是，我当时还太年轻，太天真。

直到今日，我仍然愿意相信我们的约定之所以没有成行，只是因为我们彼此没有说清楚，而且我还迟到了。我甚至还担心您是不是发生了意外。我当时一心想着快点见到您，一路上都是全速前进，我从来没有爬得这么快过，已经超过了软体动物的限速，全然不顾我自身和路上其他人的安危。我多么急切地想要与您相见啊！一路上，我几乎没有休息过，冒着生命危险一路前进，唯一的动力来自您的一张照片，照片中您趴在一棵外形奇特的莴苣上。我拼尽全力跨越我们之间的距离，速度简直快得惊人，竟然达到了每小时

巴黎
灯具
商场
宾馆
轰
嘟
嘟
嘟
轰
勿碰

0.0471 公里，我的同伴们大多数一小时只能走 0.0468 公里。还得刨除一路上不可避免的侧滑和碰撞，我才能够保持这个速度前进，这样下来我一天可以走一公里。巴黎和博兹奈克相距 531 公里，我花了一年零五个月两周过六天才走完了全程，因为路上发生了一次意外，并且还搞错了路牌，我把罗蒂涅亚克和罗比涅亚克两个省搞混了。

当然了，我还花了很多时间在城里的每个路牌下寻找您的身影。我真是没少受苦！您应该早点儿告诉我巴黎有多大。但是，这些都没有让我灰心，在那几个月里，我把巴黎整个绕了一圈，从一个路牌到另一个路牌，路牌下面并没有新鲜的蒲公英，全是些油乎乎的纸袋。我想那时您应该已经忘记我这个无名小蜗牛了。

最后，我绝望地回到家里，用甜菜和芝麻菜芽麻痹我的痛苦和懊恼。回程比去程花了更长的时间，我对此并不感到特别讶异，爱让我们长出翅膀，同样的，伤痛加重我们的步伐。以您薄情寡义、铁石心肠的个性，当然不会在意这些。我几乎用了两年的时间才从巴黎回到博兹奈克。一座新的建筑取代了我年轻时生活的地方，花园早已不见了踪影。永别了，园丁马尔瑟林先生。

幸运的是，我找到了一些以前的朋友，他们带我去了一个更远的地方，那里有一片一望无际的田地。这里和以前的地方完全不同，公路很短，沙拉吃起来像是在嚼纸片，但是在这里，至少我不再是孤身一人。

我的朋友们试图向我掩盖残酷的事实，直到有一天，我偶然看到一本《花园全景》杂志。看到您的照片时，我惊讶极了，照片上的您穿着华丽，旁边站着一只田鼠，显而易见，您正沉浸在甜美的爱情当中！过了很久，我才渐渐平复了自己的心情，您应该对此感到很自豪吧。接下来的好几天，我一次门都没有出过。

慢慢地，我重拾对生活的热情，面对芹菜、白菜和罗勒叶，终于恢复了食欲。为了尽早把您忘记，我撕掉了您的照片，那些照片早已经褪色模糊了，几乎认不出您的模样了。对了，我偶然间在《花园全景》杂志上看到一只墨西哥鼻涕虫，身姿曼妙，皮肤光洁，浑身长满漂亮的斑点，是一个名副其实的美女。我把这张照片剪下来，贴在我的壳里。我还在犹豫要不要认识她，因为我不会说西班牙语，不过我想我会很快给她写信的。

最后，我不会再祝福您。

永别了。

无名小蜗牛

灭虫灵 把各种稀奇古怪的虫子消灭干净！

（墨西哥鼻涕虫）

一只想要改名的荷兰猪的信

文学院院士艾克多·贝拉米先生：

请原谅我冒昧地打扰，他们告诉我说您是掌管词语库的词典主管。要是他们没有骗我的话，那么您就是决定一个单词去留的人了，或者当人们发明了一个新东西的时候，是您来决定这个东西该叫什么名字。他们还告诉我说，您自己还写书。哇哦！这应该是一个非常有趣的职业，这可不是我能做得来的。大多数时候，我都被关在笼子里，我不得不承认这个笼子很大，也还算干净，但这个地方并不适合读书或创作，我自己也很喜欢书，我特别喜欢啃书，有一天我的小主人们把我从笼子里放了出来，结果我把他们那套二十四册的百科全书从第一册啃到最后一册，一册不留，他们简直惊讶得说不出话来。他们的父亲对此非常生气，因为担心父亲会拿我这个可怜的小家伙出气，两个小主人把我藏了起来。

好吧，或许将来有一天我也会写一本书，但其实这次是因为其他的事情有求于您，希望能得到您的帮助。事情是这样的，我已经连续四年当选“不当命名协会”的主席了。这

不当命名协会主席
荷兰猪

是做什么的呢？请允许我解释一下，我代表的是那些不喜欢自己的名字、名字经常受人嘲笑和那些因为名字而惹人讨厌的动物。作为主席，我理所应当写信给您，若是我所知无误，正是由您来负责这些事情。我就不多说客套话了，看来您似乎对我并没有好感，给我取了“荷兰猪”这个名字，这真是太不友好了。您真的认为我的皮毛和体形跟猪很像？我顶多像只大老鼠罢了，或是田鼠，再或者是胖树鼩。不，坦白讲，叫我“荷兰猪”确实太过分了。要是您能知道我从小到大为此而经历的磨难就好了，嘘声、“哦，猪”或是“猪鼻子、猪鼻子”的嘲弄声，抑或是“回你的猪圈去”。甚至连猪也戏弄我，想在我毛里插上羽毛，玩牛仔和印第安人的游戏！

猪、猪、猪，可我一点都不脏啊，好吧，至少比很多其他动物干净。就说河马吧，他可比我脏多了，而且长得也更像猪，为什么不叫他“非洲猪”呢？这样一来，河马这个名字就没有动物用了，正好可以给我。“荷兰河马”这个名字虽然也不是很理想，但总比“荷兰猪”好多了。换个名字我或许也可以像您一样开始写书，而不是被关在笼子里啃硬邦邦的面包和干草。至少每次当别人提到我的名字时不用再捏住鼻子。

尊敬的文学院院士先生，我觉得您应该已经明白我写信的意图了。正因为您掌管着词语库，对您而言，给我和我协会的会员们改个名字应该易如反掌。我们已经受够了那些滑稽的或绕口的名字了。

期待您的答复，希望能得到我想要的回复，贝拉米先生，请允许我表达最衷心的情感。

不当命名协会主席　荷兰猪

文学院院士艾克多·贝拉米先生：

我迫不及待地想要告诉您，我对您的答复感到十分不快。我简直要气疯了，一整天都在笼子里转来转去，因为太愤怒了，我把您的回信连信封带邮票一块儿啃得一干二净。然而，想必您不会对此感到不快。您可是文学院的院士，一定觉得自己超乎常人吧？但正是因为您，我才有了这么一个讨厌又愚蠢的名字，这根本就不是我自己的选择！

因为您的失误，才会有那么多动物饱受嘲笑和伤害，承受不公平的对待，您告诉我说“这些名字由来已久，怎么会有人想到要去更改它们呢”。您认为树懒（法语中树懒与形容词懒惰一样，都是 Paresseux）先生，我们协会的荣誉会员，会对这样的回答感到满意吗？正是因为您，他一直都找不到工作。您可以试想一下，每次他去应聘，报上大名之后就立刻被刷掉了，甚至连试用的机会都没有！

院士先生，我拥有良好的教养，与您想得正好相反，我不是一只猪。我将坚持不懈地向您坦陈我的想法，但也会带

着一贯的礼貌、智慧和修养。我们想改名字，希望您能修改词典，让我们也能活得有尊严，要是您不想帮助我们，我们将会使用某些手段向您施压。我们知道很多方法可以让您尽快决定给予我们应得的尊重。

期待您的回复，院士先生，不过这次，我不会向您问好了。

不当命名协会主席　荷兰猪

院士先生：

您显然已经明确地表明了态度，既然如此，也就别怪我没给您提醒了，您说：“我不会处理一件让我觉得荒谬的小事”。

荒谬？

我们的请求？

既然您这么认为，那么让我唤醒您的记忆。现如今，院士先生，您所有读者和仰慕者熟悉的都是您的笔名——艾克多·贝拉米，我相信，对于一位作家而言，这的确是一个好名字。但是，请您想想，要是我在所有报纸上向大家公布您的真名——保尔·噗（法语中 Prout 有放屁声、懦夫的意思），我不知道到时候他们是不是还会向您索要签名呢。当然，您的同事每次提到您名字的时候大概很难憋住不笑吧。我说的没错吧，保尔·噗先生？

保尔·噗先生，但愿这些记忆能够帮您做出更好的决定，保尔·噗先生，我要向您，保尔·噗先生，致以诚挚的问候。

不当命名协会主席　荷兰猪

亲爱的文学院院士艾克多·贝拉米先生：

收到您最近一封来信，简直难以用语言表达我的欣喜。很高兴您终于决定“高度重视并以最快的速度”研究我们的请求。

当然，因为您平日工作不甚繁忙，以至于到现在才有时间关注我们的请求。您已经准备无条件接受我们的请求并且为此修改词典。您太伟大了！终于做了这个勇敢的决定！我希望您所做的承诺能够如实兑现，这将终结我们长久以来的痛苦。您会照办的，对吧，保尔·噗先生，哦，对不起，我想说的是，艾克多·贝拉米先生？

为了能尽快改变我们现在所承受的不公正对待，我在信中附上了第一批需要修改的名字，您可以在最短的时间内审核并批准。

蟑螂想改名叫乐乐，山鹬建议改成森林精灵，黄鼠狼选择了香香这个名字。

火鸡想改成聪聪，塔斯马尼亚恶魔（又名袋獾）改成塔

重命名大会
聪聪
荷兰嘟嘟
香香
乐乐
森林精灵

斯马尼亚乖乖，普罗旺斯驴改成南部传说。

蚂蚁和蚊子希望改一个听起来显得高大点的名字，大象倒是希望显得小巧些，老鼠想要一个惹人怜爱的称谓。

至于白鹦（法语 cacatoès 和大便 caca 相似）和家蝠（法语 pipistrelle 和小便 pipi 相似），我想就不必过多解释了，您一定明白他们由于受尽嘲笑而要求改名的原因。

至于我自己，我想要选择一个听起来更温柔、更干净的名字，荷兰嘟嘟，我觉得挺好，这个名字小朋友一定会喜欢，也不会吓到他们的父母。

好了，目前暂时就是这些了，其他的请求下次再说。我要再次衷心地感谢您考虑我们的请求。期待您的答复，文学院院士先生，请接受我最崇高的敬意！

不当命名协会主席　荷兰嘟嘟

乌鸦写给公鸡治安官的信

公鸡治安官先生们：

我并不知道你们会如何处理此事，但我觉得从现在开始应该有人来管管了。

这件事已经持续有些时日了！你们守夜的时候都在做什么呢？聚众打牌？犯困打盹儿？怎么可能竟然没有注意到这群无耻之徒，整夜妨碍其他动物睡觉，就像耳边飞着一只苍蝇一样难以忍受！

有太多这样的动物了，他们通常是在广阔的林中空地，但有时候也会在谷仓旁边。每次都是一样的，天一黑下来，他们就开始大声喧哗吵闹。

最开始是猴面鹰，他们发出被严令禁止的尖叫声，就像是在比赛似的，然后猫头鹰也加入了他们。这里一声“咕”，那里一声“咕”，除了把其他动物吵醒之外，他们的叫声总是让我不禁感到害怕。

终于等到他们飞去其他地方做这些蠢事了，我们以为可以合眼入睡了，好吧，这下又轮到蝙蝠登场了，他们有

着吸血鬼一样的獠牙，和超人一样的披风！他们飞来飞去，在空中急转弯，让我不得安宁，也让其他所有老实巴交的动物感到恐惧。

公鸡治安官先生们，我们的安全正是由你们来保障，你们应该督促他们停止这些愚蠢的行为！我还要提前告诉你们：要是这件事没有及时得到处理，我将会执笔向你们的上级报告！简直难以置信！

乌鸦

又及：您把这些无赖关进监狱的时候顺便也把萤火虫带走吧。他们整夜都亮着灯，真是太浪费了！好像这些都不要钱一样，太过分了！

公鸡治安官先生们：

我要向各位报告一件事，是关于农场主家那只叫奇奇的狗，在主人忘记把他拴起来的时候，他总是跑去隔壁费尔南的农场，去找那家的小狗柏蓓特一起疯玩。

所有这些都和我们无关，但也不能因此就放任他们为所欲为，至少要注意对孩子们的影响，我们必须谨言慎行给他们做好榜样。我觉得就算主人忘记拴住他，他也应该乖乖待在农场替主人看家！希望各位能管管这事儿，维持应有的秩序，毕竟这并不是我的职责。

乌鸦

公鸡治安官先生们：

空中现在简直乱作一团，各位难道不会觉得不便吗？

有一天，我正要去赛哈凡先生的牧场，一群麻雀突然冲出来，挡住了我的路，甚至都没有停下来道歉。真是太过分了，我还为此掉了几根羽毛！

要只是这样还可以忍受！但是这还远远没有结束。我好不容易开始降落了，一只鸽子冷不丁地迎面飞来，差点儿把我撞飞了，他竟然说没有看到我，幸亏最后一刻我奋力改变了飞行轨迹。

所有这些都不是偶然，每天都会发生。就不一一告诉你们有多少次我差点儿撞到其他的飞禽了。已经没有谁遵守规定和右行优先的规则了，就好像这些从来都不存在一样。太可怕了！

坦白地讲，你们的确应该有所行动了，处理交通问题也是你们的职责不是吗？要是你们也能飞就好了，但你们的装备确实不太理想，还是先去装一副可以飞的翅膀吧。你们的翅膀是没有这个功能的。

乌鸦

速食
面条

公鸡治安官先生们：

我不得不告诉你们，我们生活的世界真是越来越危险了。不管在哪儿都没有安全感，哪怕是在自家的院子里也会遇到坏蛋，天哪！

我今天就被贼偷了。我要向您控诉。我这次遇到的是狐狸，就是你们登记在册的那个偷鸡贼。

事情是这样的：当时，我刚从市场上买回来一块卡芒贝尔奶酪，正安静地站在我家的树枝上。我简直太喜欢这种奶酪了，口感丝滑，味道浓郁，还包裹着一层厚厚的奶酪皮。这时，狐狸朝我走来，开始喋喋不休地用他那花言巧语骗我，我一时间惊讶地张开了嘴。我口中的奶酪就这么掉了出去。你们觉得他还会还给我吗？绝对不可能！我无能为力地拍打着翅膀，不停地啄他，他就这么逃回自己家了。

简直是奇耻大辱！对付这些小偷，就应该把他们都关起来。请你们赶快行动吧，这样或许还能帮我找回那块奶酪。就算他吃得只剩下奶酪皮，也请你们不要犹豫，直接带回来

给我。不能浪费啊！我简直不敢相信！

乌鸦

又及：还有另一个小偷，就是住在我家旁边那棵树上的喜鹊。她从来没偷过我任何东西，但是她家就像是阿里巴巴的岩洞一样。请你们帮我保密，不要告诉她是我透露的消息，我怕会惹上麻烦。

公鸡治安官先生们：

请注意！

难道现在这世道，大家都可以为所欲为了吗？可以不征得主人的允许，随便去别人家住下？好吧，竟然有动物觉得我家的大树是公共场所，所有动物都可以来去自如。

显然你们现在是坐视不管，任其发展。不要否认，我那天已经看到你们路过我家，还遇到了住在我家树洞里的黄鼠狼一家，你们什么都没有说！你们肯定无法想象，自从他们搬来这里，我简直就像是跌入了地狱。他们整天肆无忌惮地大声吵嚷，除此之外，我甚至无法向你们描述他们身上的味道有多难闻。简直难以相信活物身上竟能散发出这样的味道！太可怕了！

这是我最后一次告诉你们这件事。你们有责任尽快处理好这类问题，否则我会立刻报告给你们的上司，相信我，要是真的到了那一步，会有你们的苦头吃的！这样对你们又有什么好处呢？

你们知道的，这已经不是第一次有人明目张胆地住进我家了。去年夏天，一群蚂蚁入侵我的地盘，还有一次，一只猫想要进巢里抓我。一句话，从现在开始，再有动物想要霸占我的大树，你们就应该把他抓起来。只有松鼠可以例外，因为他已经用榛子付过房租了。好了，这下我说得够清楚了吧！

乌鸦

公鸡治安官先生们：

我要告诉各位，有一群新乌鸦出现了。要是我们不注意，就看不出差别，他们几乎和我们长得一模一样，但若是靠近他们仔细观察，就会发现他们的羽毛颜色更深一些。还有，当他们“呱呱”叫的时候会带着一种奇怪的口音，他们不会像你我一样发出“呱、呱”的叫声。更过分的是，他们竟然敢抢我们嘴边的种子吃。太可恨了！

我们不能就这么让外来的乌鸦抢走我们的食物吧？

赶快把他们赶走吧，要快！这也是你们的工作，不是吗？

乌鸦

又及：他们住的地方略微有些偏僻，在靠近罗杰的牧场那边。他们通常会藏得很好，但你们一定能找得到。

公鸡治安官先生们：

这真是一个令人咋舌的丑闻！是严重的司法错判！是反动物界的罪行！

我已经提前告知各位，要是各位不能及时做出反应，我就会去找你们的上司，那样的话事情就没那么简单了！等你们自己体会到现在交通状况有多差劲的时候自然就明白了，赶快叫停这荒谬的行为吧！

请你们赶快来管管吧！我必须告诉你们，现在情况十分紧急！你们把我逮捕之后，由于监狱里没有多余的牢房，我不得不和猴面鹰、猫头鹰、蝙蝠、狐狸、黄鼠狼还有那群外地乌鸦关在一起。这里真是太拥挤了！

现在我就是想告诉各位，也不知是我自己太敏感，还是事实的确如此，从我踏进这间牢房起，他们都用一种很奇怪的眼神打量我。黄鼠狼和狐狸也阴险地瞧着我，还低声细语地交头接耳，不知道在议论什么。到了晚上，猫头鹰和猴面鹰又开始吵吵嚷嚷，比以往还要扰民，好像进了监狱也并没

有给他们一点儿教训，蝙蝠用他们像超人一样的披风在我身边扇来扇去，明知道我很讨厌这样。然而最糟糕的还是那群外地来的乌鸦，他们和我们的叫声完全不同，我一点儿都听不懂他们在叽叽喳喳地说什么。

他们为什么要这么对我？我不明白！简直难以相信我竟然和这群无耻之徒关在一起！你们非常明白，这些动物绝非善类！难道就因为松鼠的一面之词，说我向他收的榛子太多，而他现在住的大树实际上并不属于我！谎话连篇，这简直就是诽谤！我很小的时候就住在那儿了，我爸爸是在那儿出生的，我爷爷也是……

收的榛子太多了，收的榛子太多了，红毛松鼠是这么说的吧，他甚至还把我比作强盗，说我的租金是别处的五倍。既然这样，不如干脆就说我是杀人犯好了？

啊！又开始了！我才好不容易提笔写了几分钟而已，那只狐狸……他怎么总是笑着打量我？啊！还有一只蝙蝠不停地在我头顶飞来飞去。我受不了了！

当然还有猴面鹰！那叫声简直太恐怖了！人们都说他可以预感到一些未来的事情。但愿你们还什么都没有告诉他们！一定是你们议论说是我揭发了他们，这真是太过分了！这样所有的事情就都好解释了！我做这些可都是为了社区的发展，我是在为更加干净规整的森林，更加井然有序、遵纪守法的村庄而奋斗！要是只能受到现在这样的对待，以后我再也不会给各位写信了！失望至极！

乌鸦

又及：黄鼠狼朝我走过来了。

请你们快点，不然我……

刀螂写给瓢虫小姐的信

亲爱的瓢虫小姐：

我在最新一期的《必姿杂志》上看到了你的专栏——“心灵使者”，这本杂志是某天早上我姐姐落在桌子上的。我嘴里嚼着小虫子，机械地翻阅着桌上的杂志，并未想到这本杂志竟然会与我有关，因为大部分来信都是姑娘们写的：蜜蜂哀叹自己没有胡蜂一样壮硕的身体；蜘蛛询问为何自己没有朋友；一只蓝色的大苍蝇想知道为什么没人愿意拥抱她。在专栏的最后，我看到了一封蟑螂的来信，抱怨自己总是忧思重重。我非常欣赏你回复他们的方式，我想或许我也可以给你写封信，向你倾诉我心底的想法。环顾四周，我找不到其他可以倾吐的朋友。在去学校前还有一点儿时间，我决定立刻开始给你写信。或许在下周的《必姿杂志》上就可以看到你的回复了吧？

好吧，我有点不好意思告诉你这件事，但确实有些日子了，我爱上了大学班上的一个女同学。我知道，在我这个年纪这已经不足为奇了，身边的大多数朋友也都像我一样，一

必姿杂志
瓢虫小姐为您解惑
本周案例
合租
优势，作用

有姑娘靠近，他们就开始手舞足蹈地吸引她们的注意力。我的问题是，其实我也知道写信给你并没有太大用处，因为我实在是太腼腆了。自从开学以来，我一天之内已经遇到她好几次了，但是我一直不敢与她说话。要是我碰巧坐在了她身旁，一跟她说话，我的腹甲就情不自禁地颤动，整个人从头到脚都开始泛起红晕。

亲爱的瓢虫小姐，请问，你能帮我迈出第一步吗？我多希望她能对我有点儿兴趣。你要知道，我现在简直是彻彻底底地疯狂了。我每天晚上睡觉时都想着她，就连上课时，也目不转睛地盯着她，无心听讲。至于她，我不得不伤心地承认，她并未对我表露出一点儿意思。每次从我身旁经过，她从来没有注意到我，或只是朝下瞥一眼。

亲爱的瓢虫小姐，你能想象得到这样的状况有多难挨吗？我希望你能帮助我。在最新一期的《必姿杂志》里，我非常喜欢你给毛毛虫提的建议。自从她破茧而出，变成蝴蝶之后，她就成了一个真正的“明星”！

期待你能尽快帮我找到解决问题的办法。

刀螂

亲爱的瓢虫小姐：

首先，我要感谢你这么快就发表了我的来信。有人能倾听我的心事，我感到非常愉快，觉得不那么孤单了。你知道吗，在学校里，我都不敢跟朋友们说起这件事，我害怕他们会嘲笑我。在家里，情况就更糟了，要是姐姐知道我坠入爱河，我的生活就会彻底堕入地狱。至于我母亲，除了我的分数和成绩单，她根本不会在意其他的事情。要是我还有父亲，或许会有些不同，但我从来就没见过我父亲，似乎在我出生前他就失踪了。为什么呢？有很长一段时间，我都以为我父母只是因为不再相爱，所以分开了，但最近一次跟母亲提起时，母亲却告诉我，她非常爱我的父亲，直到最后的时刻。对此，我完全不能理解。

你能花费宝贵的时间回复我，让我十分感动。我一直不习惯活在大家的目光下。我非常能够理解《必姿杂志》的读者们把你当作他们最好的朋友，他们的姐姐或是妈妈。你同时具备了这些人的特质。然而，在读到你的答复时，我才发现在上一封信中我并没有说得十分清楚。必须承认一点，对我而言，您的建议不见得会行之有效。举个例子，当你说“两只虫之间第一步最重要，通常那只虫也和你一样过于腼腆，以至于无法开启对话”，我想起来我还没跟你说过她的情况呢。我必须告诉你，她压根儿一点儿都不腼腆，甚至完全相反，她向来都是信心十足，在哪里都可以随心自在，不同于胆小的萤火虫和那些说话声一大就吓得钻进土里的虫子。在课堂上，她习惯举手发言，一旦需要做报告，她一定是那个自愿者。而我，我总是藏在桌子下面害怕被老师点到。

还要告诉你，在草地学校里，所有虫子都喜欢她，女生们都想和她做朋友，大部分男生都对她心生爱慕。而她早就有好多朋友了，不像我总是独自一虫待在角落里。现在的问题是，她似乎特别容易被那些浮夸的男生们吸引，尤其是那些喜欢在操场边上欺负弱小同学的男生们。显然像我这么有格调的虫根本不屑于做这些事情。然而，我觉得还是有一丝希望的。当然，这些逞强卖弄的事情从来都不会持续太久。最近有一只强壮的蝗虫摔坏了翅膀，而他平时绝对是常人无法靠近的。你说等她品尝够了他的这些花言巧语，就会很快厌倦了。要是说，起初这段关于蝗虫的故事还让我有些难以承受，但几天之后，我就完全消化了。

现在，我觉得是时候了。或许她应该意识到了，尽管她现在还不知道身边有这样一个善良温柔的男生，完全不同于那些每天只想着打架的强壮粗鲁的虫。要是她能注意到身边这个温和善良的男生就是我，那就太好了！

注意到我……这是最难的……还有一次，我意识到我好像在信里说得太快了，忘记给你提供许多关键的信息。你回复我说“要增加被她注意到的机会，和她对视，趁机朝她露出最迷人的笑容”。你还说“眼睛和上颚可以映照出我们的内心”。我完全同意你的观点，但问题是，她长得比我高得多。我说的比我高，是说她比我高至少三头，甚至可能四头。至于我，这对我而言并不是问题，在我家也是这样，姐姐和妈妈都比我长得高大。麻烦的是，当你个头儿太低的时候，别人就很难看到你。现在，要让她注意到我也绝非易事。要是我能像蚂蚱一样跳起来，或是像蜻蜓一样可以飞，我就能趁机看她一眼了。但是，她每次经过的时候，都像我不存在似的，而我要是不想被她撞到，就必须得赶紧躲开。

我多么喜欢与她眼神交汇的时刻，沉醉在她那双祖母绿色的大眼睛里，但我不该做梦，我知道我得踩着高跷才能实现这个愿望。

瓢虫小姐，现在，我把所有事情都告诉你了，我相信你

一定有办法帮我。即使是那只绝望至极的蓝色大苍蝇，你也为她找到了解决办法。你鼓励她去找那只屎壳郎，多妙的点子！

我会耐心等待你刊登在下期《必姿杂志》上的回信。

我绝对相信你。

一只被焦虑淹没的刀螂

亲爱的瓢虫小姐：

万分感谢你的支持，你还特意为我出版了一期特刊，向所有的读者征求建议，这个出人意料的想法令我十分感动。我没法回复每一位读者的来信，这种被关心的感觉让我觉得很不真实，就像是突然间多了许多朋友一样。

在这封信里，我想要告诉全世界，我终于和我爱的姑娘说上话了。然而不幸的是，这并没有起到任何作用，甚至可以算是全线溃败。

尽管如此，勇于尝试总是没错的。我几乎把读者来信中提到的所有建议都试验了一遍。

比如，我发现一只小蜘蛛的想法很有意思。她在信中说道，“最好的方法是用食物吸引我们喜欢的对象，因为几乎所有虫子都不能抗拒美食的诱惑，为博心上人欢心，给她带去喜欢吃的食物绝对可保成功”。

第二天一早，我就付诸实践了。我给她带去了两只白蚁，但是还没来得及见到她，白蚁就被一只在操场作威作福的蜚蠊抢去了。

还有蚂蚁的建议，尽管我对她的一番好意很是感激，但她的建议似乎有些不合时宜。“想要和我喜欢的虫认识，”她说，“我会借口说书包太重，这样他就会主动帮我背书包，为表谢意，我就可以趁机给他一个拥抱。”这的确是个好主意，但就我自己的情况而言，这并不可行。她的书包怕是有两个我的重量。我该做的或许是在课堂上帮她一次，但自从我爱上她以后，学习成绩一落千丈，我不知道该如何帮助她。

我也想到了通过运动的方式，这并非是因为我的身体足够强壮，恰恰相反，是因为我在以前的报纸上看到过蚂蚱的一些建议，令我备受鼓舞，她说：“重要的不是夺冠军，而是组成一个‘团队’，试着和她组成一队，你会发现，无论输赢，在同一个队伍里并肩作战都会拉近你们的关系。”

起初，一切都很顺利。我觉得每次从她身旁经过的时候，她似乎开始慢慢地注意到我了。只是在比赛临近尾声的时候，事情突然起了变化。究竟发生了什么，我不清楚，或许是因为她近视，又或是因为我个头儿太小，被误认成那颗球了，我竟然被她奋力一脚踢到了球场的另一边！简直太丢人了，整个花园里的虫都笑得直不起腰来，比赛不得不因此暂停。我就不跟你赘述当时万念俱灰的心情了！我的腰都摔

30包
松脆薯片
豌豆

得肿了起来，好多天都不能正常坐着！

我还尝试过自称是艺术家的蝉先生的建议，他说："在爱情里，没有什么可以媲美文字的魅力。相信我的经验，从古至今，爱情都需要被诉说，被歌颂。"我便立即拿起笔，迫不及待地创作了一首诗，这可不是件简单的事，我花了很多时间，但结果却依然不尽如虫意，似乎只有第一小节还算不错。

你的心像你的上颚一样美丽，
唇上的触须决不输完美的下颚，
虽然我很渺小，然而我对你的爱却很伟大，
我爱你，胜过美味的蠕虫，胜过地球上所有的一切。

我想这首诗一定可以俘获她的芳心。坦白讲，谁能抗拒得了呢？单是写下这些文字，我就已经感动得满眼泪水了。

第二天我悄悄地把我的大作塞进了她的书包里。不幸的是，我竟然搞错了对象，不小心放进了她同桌的书包里，那只奇丑无比的壁虱。她一口咬定诗是写给她的，便抓着我不放。我向她解释说这只是一个误会，她却完全听不进去！

亲爱的瓢虫小姐，这实在是太恐怖了，但至少我尝试过

了。我试遍了所有的方法，但都无一例外地以失败告终。我必须承认，像我这样的傻瓜不配跟她在一起。我们两个根本不是一类虫。她要找的是一个人生赢家，一只可以为她打开新世界大门的虫子，而不是一个整日怨天尤人的失败者。

我妈妈告诉我说，我太感性了，要是我不想以后被大虫子活吞了，就得再坚强一些才行。而我何尝不想变得更强大呢，但这并不是我自己的错，这个世界对我而言太险恶，而我自己又太脆弱。

亲爱的瓢虫小姐，无论如何，我都要感谢你一直以来给予我的帮助。同时，也感谢《必姿杂志》的所有读者，你们的建议让我觉得心里很温暖。请你转告他们，若是我最后失败了，这并不是他们的错，只能怪我自己眼光太高，不自量力罢了。

一只被绝望吞噬的刀螂

亲爱的瓢虫小姐：

这不可能！简直太疯狂了！

我必须要告诉你。你一定还记得上一封信中我是多么绝望无助。我尝试了所有的方法来征服我爱的虫子，尽管实践了《必姿杂志》读者们的建议，却没有取得任何进展。

于是，我决定把这个姑娘从脑海里删除。为了忘记她，我把自己沉浸在学习当中，有几个晚上，我把一样的作业做了三遍！当绝望太猛烈的时候，我甚至连我姐姐的作业都一起做了。

然而，我们无法把爱从心里驱逐出境，就像蜗牛脱不掉它的壳一样。白天的时候，我只好躲着她走。但是，只要一躺在我的叶子床上，她就会闯进我的梦里。每次都是同样的场景：在一个阳光明媚的早晨，我们站在草地的中央。在梦里我比她高大许多，我们的触角温柔地缠绕在一起，忽然一瞬间，她的嘴开始变大，不断地变大，而我却越来越小，越来越小，就像是要消失了一样。太可怕了！我猛然惊醒，浑身是汗，浑身不住地颤抖。之后就再也睡不着了。

过了一阵，我开始担心，这所有的一切正常吗？因为我总是觉得疲惫，就连我妈妈也有点儿着急了。难道我得了严重的精神病？

这似乎有些残忍，我有一种预感，感觉我再也无法从这种情绪中脱离出来了，所有一切都黯然无色，直到我余生的最后一天，生活都会如此阴郁，就像是没有虫子吃的日子一样。

然后，奇迹发生了……

就像是电影一般……

就这么在课堂上发生了。大学里的老师需要几名志愿者做一个关于潮湿环境下的生态环境的报告。她像往常一样举起了手。我也不知道当时发生了什么，我竟然也举起了手。于是老师便指定了我们，由我们俩来完成潮湿环境下的生态环境的报告。

直到今天，我的病依然没有痊愈。但我感觉到我的身体充满了意想不到的力量，我知道路还长，还不算赢。我对潮湿环境下的生态环境并不了解，而且还要面对着全班同学做报告，我不知道自己能不能做到。我只知道她约我周三下午去她家。

“一起学习，喝下午茶。”她上下打量着我。

“需要我带点儿吃的来吗？”我故作轻松地问。

你知道她是怎么回答我的吗？你一定猜不到。

她对我说：“吃的东西？用不着，你来了就够了！”

然后，她弯下腰，补充道：“我想我们一定可以度过愉快的一天！”

简直难以置信！谁能相信？我从来没想过，我的梦竟然成真了。

周三到来前的那两天对我而言就像时间停滞了一样漫长。

终于等到了，等到了！我仔细地抚平翅膀，一遍一遍地洗手。

我姐姐起初还有些疑虑，最后也不了了之了。在好奇心的驱使下，她跑来问我。我觉得很自豪，准备好好给她讲讲我们的故事，她的“小弟”和学校里最美的姑娘要一起学习，这次有她羡慕的！

她还是带着一副全世界就她懂得最多的表情：“你要和那个丑八怪壁虱一起学习？”

“和壁虱？”我一字一字地说道，“别开玩笑了，是螳螂邀请我去她家喝下午茶。”

向西 前进

噢，瓢虫小姐，你真应该看看我姐姐的脸！她露出一副出乎意料的表情，开始小声嘟囔："螳螂！你确定她是适合你的虫？妈妈同意了吗？"

我发起最后一击："要妈妈同意？你当我是小孩吗？"

现在算是我这么多年以来最幸福的时刻。我姐姐应该也意识到了，一切都要结束了，"小弟"再也不是以前的那个笨蛋了。再见了，失败者！你好，人生赢家！

好了，到时间了。我收起关于潮湿环境下的生态环境的材料，寄出我的这封信，然后去见她。

你知道吗，瓢虫小姐？

"你真可爱，"她说，"我们会成为好朋友！"

哇哦！我真是太兴奋了！

祝我好运吧！

沉浸在爱情里的刀螂

山羊写给赛先生的信

赛先生：

几分钟前，当您听到大门吱吱作响，您一定会说：“贝卡伊，你听，又开始了！”我知道您一定好几个晚上都半睡半醒，神经高度紧张。上周失踪的几只小羊羔已经让您心神不宁了，然而之后又失踪了一只猪，昨晚，甚至连您最心爱的小牛——豪莎莉也不见了，您终于被吞没在无边无际的惶恐之中。

农场周围高山绵延，我想，您每晚抬头看山顶的时候一定会注意到那里有些不寻常的东西。那些诡异的影子，可怕的身形……夜里会听到惊恐的尖叫声，狼吟虎啸……

当您发现是邮递员推门弄出响声，我猜您一定顿时如释重负。我敢打赌，您一定低声抱怨着回到厨房，因为这沓信里有好多发票单，收到发票单的时候您总是喜欢嘟囔几句，对吧？想起您以前的那些习惯，我不禁捋了捋马上要剪掉的胡须。

我们继续……

那些发票单被您愤怒地丢在铺着蜡布的桌子上，您终于看到了我的信。您一脸困惑，因为您似乎不大习惯收到除发票单和广告之外的其他信件，拆开信封之前，您把信封翻来覆去、仔仔细细地检查了一遍。出于好奇，您立刻翻到署名的地方想要看看到底是谁的来信。在那个地方，您看到了我的名字，您大叫道："见鬼，竟然是那只小山羊！"

接下来的事情很容易猜到：经过这几周的事情，您失眠缺觉，再加上天生的胆怯，我相信您一定会躲在厨房的餐桌下，期待着新装的报警系统可以帮您抵御外来者的侵略。

要是我想得没错，所有的事情都像我刚写的那样，请允许我向您保证，赛先生，我对您发誓，我还活着，现在给您写信的并不是幽灵。我知道因为我们有角，我们山羊在有些时候经常被人误解成邪恶的生灵，但我可以保证，我信里写到的这些事情没有一件是超自然的。您完全不必担心会在家里碰到怪物！

我想知道这封信会给您带来多大的困扰。我说的话一定会令您感到异常苦恼，您会说："我的乖乖，这怎么可能？被狼吃掉的小山羊居然写信给我？"如果您还记得那只狼的话……赛先生，先暂时忘了您儿时听过的故事和传奇吧。别再忧虑了。这个故事里没有怪兽，也没有幽灵，这里有的是

更重要的东西，一种可以颠覆一切的东西。

我知道您一定可以理解。要是您愿意的话，我可以向您解释所有的事情：我离开之后发生的事情，最近一段时间出现的奇怪的现象，我为何又回到这里。要是您感兴趣的话就在厨房窗户上显眼的地方挂一块格子布。这样就够了。

最后一个建议：不要把这些告诉任何人，任何时候都不要。

期待您的信。

小山羊

赛先生：

一块擦地的抹布！

这就是您能找到的东西？

不管怎样，我想您一定希望从我这里知道些什么，好的，我现在开始回答您的问题。

就从我失踪开始说，这无疑是您最困惑的一点。我想您应当永远都不会理解我为何要离开。那时，您还向当地媒体控诉："呦，我的山羊啊，我喂给他们这个地区最好的饲料，还不知足！先是何诺德，现在是小山羊，这已经是第七只失踪的羊了！"

赛先生，您从来没想过我们为什么要逃走吗？老实说，您认识多少只羊愿意终生被链条捆绑着生存？如果已经有七只羊失踪，或许是因为别处的草更绿些？这些问题都是您未曾思考过的。对您而言，这个问题很简单，山羊必须要在安全和自在之间做选择。安全，安全，当时我可没少听到这个词！在您那里，我们很安全，安全到什么都不会发生。每天

面对同一片草地，同一个牧场，同样的地平线。我真是受够了！我多么希望头上长角的地方可以长出一双翅膀，像小鸟一样，或是像蝴蝶一样，可以在花丛间嬉戏流连。即使是可以从篱笆下钻走的田鼠，或是在地下打洞的鼹鼠，它们都比我活得更令人艳羡！还没跟您提起过我的堂兄羱（yuán）羊，它们整天在高山上的岩石间蹦来蹦去，我宁愿抛下所有的一切去和它们会合！它们就在那里，触手可及的地方，而我却无法与它们在一起。真是太煎熬了！

到底是什么让我做了这个决定？我不知道，但有一天，一阵风迎面吹来，夹杂着牛至叶和野生百里香浓烈的芬芳，我告诉自己，这样的日子再也不能继续了。于是，我去找您了。您还记得吗？我告诉您我想离开这里。离开这里，自由地生活。我简直太天真了！我到底说了些什么！大山，自由！我当时并不知道对您而言，自由并不是浸染着牧场的太阳，或是掠过山羊胡的清风。这些都不是，在您眼里，自由是悬崖峭壁，是电闪雷鸣，是凶残的狼！要是我早知道这样，我才不会告诉您我的计划。我会像前面那六只山羊一样悄悄地离开。这样我就不会被您急匆匆地关进昏暗的羊圈里，您以为黑暗的环境会让我忘记我的梦想。

嗯，在这间羊圈里，我强忍满腔怒火！我经历了从愤怒

亲爱的
墙壁，
我可以把
我的心事
告诉你，
我觉得
你真好。

到绝望的所有阶段。我甚至试图说服自己您是对的，离开的愿望似乎就要从我脑海中被清除了，作为一只山羊，我们的宿命就是一天到晚在同一片草地上啃草。但这些都没有用，透过一扇窄小的天窗，我凝视着远处的山峰。每当夕阳的余晖染红岩石，我都能感觉到脊柱一阵战栗，小腿不禁发痒。

不能再这样了。一天晚上，在黑暗的羊圈里，我抬起前蹄，喊道："逃走还是灭亡？"从那天起，我再也没停下脚步，尽管您已经开始用带电的栅栏、防干扰报警器、活动探测器"武装"农场，让我们不受天敌侵扰，但我心底很清楚，没有什么可以阻挡住我对自由的向往。为了不忘记我的目标，每过一天我就用角在房梁上划一个记号。我知道每一个新的印记都会带我离自由更近一点。

我不能再写下去了，我好像听到了牧羊犬的吠声。我希望您能遵守我们之间的约定，不要愚蠢到把我写信的事讲给邻居听。

小山羊

赛先生：

首先，我要向您致歉。在前一封信里，我对您的怀疑有失偏颇。那天晚上只是牧羊犬在乱吠而已，并无危险，他们也是我们的同伴。

正如我所见，那块旧抹布依然被您挂在窗棂上，我想您一定是想继续听我的故事。那好，我不知道您是否还能记起，在我被“禁足”的日子里，您怕我会觉得无聊，给我带来很多读物，旧报纸、车站小说、老旧的诗集，还有哲学著作的摘抄本，您把所有这些全部一股脑儿堆在农场的一角。起初，我一点都不吝惜这些读物，在我眼里它们毫无差别，全都吞进肚子就对了。无论是硬皮杂志还是大部头的文学作品，动人的爱情故事还是惊险的侦探小说，都一样变成我腹中的食物。

然而有一天，我无意间看到一本特别的书。我并没有像之前一样一口气吞进肚里。我放慢速度，为了细细品味书里的内容，我慢慢地啃。书里的每一句话都令我欢喜不已，我

一口气读到了最后一页，我尤其喜欢里面的一个句子，于是我放慢了咀嚼的速度，为了让这余味停留更久一点儿。这句话是：“自由属于争取它的人。”

这就像按下了一个开关。

第二天，黎明时分，我开始锻炼身体，俯卧撑、肌肉训练、跳绳、长跑。这样还不够，我必须从春天开始执行更可行的计划。晚些时候，为了避开他人耳目，我悄悄地开始准备越狱计划。最困难的莫过于如何躲过您安装的那些安保设备，但我坚信总有一天会被我发现破绽。不必为此小题大做。

等到五月份，机会终于来了。您来给我喂饲料时手机响了，这响声打破了您以往的习惯，于是您忘记了连通警报器。当您关上身后的大门时，我知道我等的日子终于到了。我不假思索、毫不犹豫地用角撞碎了天窗的玻璃，纵身一跃，从羊圈里跃了出来。

剩下的事就像小朋友的游戏一样简单。为了能顺利从农场里逃出，我机敏灵活地躲开了院子里扫射的激光束，为了避免触动警报，我一个猛跳，越过了带电的栅栏。

该怎样描述这个时刻呢？我从没想过这种感觉会如此刺激。草木、花朵、石块，我觉得整座大山都像是在为我庆祝。还有各种香气！我从未料到自由竟然会散发出香味……

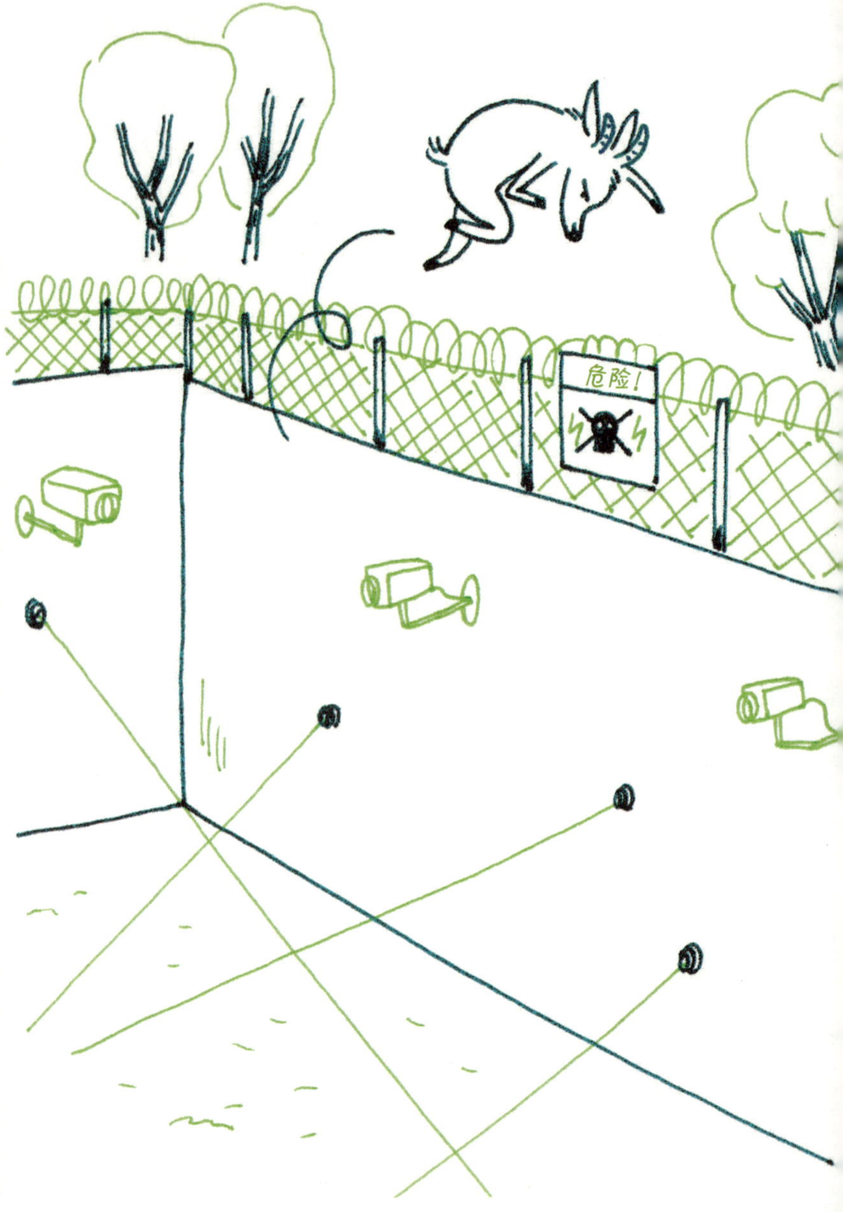
危险!

一种金雀花、切碎的鲜草和栗子混合在一起的味道。这味道是如此浓郁，以至于我感到一阵眩晕。我跟发疯了一般，四处乱蹦，从这块岩石跳到那块，从空地跳到草地里，啃食着更绿更鲜美的青草。我就这样无忧无虑地奔跑着，甚至还在山顶邂逅了一只美丽的岩羚。我们一同漫步，在河里沐浴，一起晒太阳，在杉树撒下的一地荫凉里乘凉。每当看到山脚下的农场，听到的回声有时会让我想起我那些不幸同伴们的哭喊，哞哞叫的牛兄，咴咴叫的驴兄，还有咩咩叫的羊兄。

傍晚太阳一点一点地消失，岩羚用她高傲的眼睛盯着我，说道：“跟我来吧，来和我一起生活。”我迟疑了许久，现在安定下来还太早。我才刚刚获得自由，还有很多其他的计划没来得及实施。

然后到了黄昏时分，狼来了。我几乎都要把他忘了。不过不能掉以轻心。又一个自以为是的家伙。他忽然从路边蹿出来，露出獠牙，下巴上还挂着口水，就在这时，我嗖的一下跳到几米开外的地方。真是个不自量力的家伙！他以为这样就可以吓到我！他似乎没有注意到我现在身手不凡：空手道、功夫、柔道，这些对我来说都易如反掌。

您真应该看看当时的场面！

简直惨绝人寰！

我先来一个大外刈（yì）。

然后紧接着一个前空翻和后空翻。

最后来一个后蹴。

为了彻底将他制服，我最后将他紧紧地扼住，直到他用爪子拍地求饶，我才渐渐地松开前蹄。

他那模样简直惨不忍睹。必须承认，我只用蹄子就已经把他前牙全都踢了下来。他甚至都不能正常地发出号叫声。他开始恳求我放过他，我给了他一条出路：我可以放过他，不过他必须答应我一个条件，那就是把他以前吃剩的骨头拖到路中间来，假装我已经被他吃了。这样对双方都有好处：他保住了自己的名声，而我抹掉了行踪，就这么悄无声息地消失了。

我又不得不停笔，我听到外面有几声枪响。您这么做真的让我大出所料，现在还没到捕猎的季节呢。我得赶紧去确认一下，看看是否受到了威胁，我之后再跟您联系。

小山羊

赛先生：

窗棂上的抹布不见了？这是什么意思呢？您不想知道我故事的结局吗？难道是您那匹母马的失踪让您做出了这样的决定？

赛先生，请听我说，我非常理解您现在的心情。实际上，事情本不应该这样发展。我自己已然适应了这样温和的方式，但我的朋友们显然还缺乏经验。您突然间给农场到处都安上了警报系统，这让他们惊恐不已。您应该庆幸他们取消了行动，否则不论您有没有枪，都保不准会出什么事。无论如何，就算没有看到您挂出的格子布，也已经影响不了我和同伴们前进的脚步，以及我们对自由的追逐。

言归正传。正因为所有人都以为我被狼吃了，我才能肆无忌惮地离开这个国家，开启我的环球之旅。啊，赛先生，我看过很多风景，走过很多地方，蹄子踏遍了地球上的每一个角落。我渐渐地发现大地之美，也愈发清楚地意识到这片土地上所有的不公。每到一处都有我那些被关禁闭的兄

弟们。在农场里，在动物园里，在宠物店里，在狗棚里，为了圈养我们，人类建造了许多笼子，尽管待遇并不全都很差——即使我们生活在丛林、森林里，也不得不东躲西藏，警惕着那些猎人。

所有这些都让我感到愤慨。我真的觉得受够了，必须要抗争。

起初，我还是很温和的，我解开狗链，放走仓鼠和荷兰猪，打开鸟笼，看着鸟儿飞走。这种感觉太棒了。我还清空了兔笼和鸡舍。之后，我放走了许多被关起来的动物，还给他们应有的自由。渐渐地，跟我一样追逐自由的同伴越来越多。他们跟随我一起环游世界。

赛先生，现在，我决定再次回到农场，来拯救那些还被您圈养起来的我的同伴们。正如我的朋友母鸡所言，“舍不得鸡蛋，得不到自由”！然而，在我被关在农场期间，您从未虐待过我，还喂草料给我，我想给您一次机会。快些整理好您的行李箱，拆掉警报系统，打开栅栏门，然后尽快躲到山谷里去。我向您保证，决不会做出任何伤害您的事。否则，后果将不堪设想。昨晚我和动物朋友们去农场解救了那匹母马，我想您应该已经见识到我们坚如磐石的信念了吧。还有从动物园逃出的两头狮子、一条蟒蛇和五头大象也已经

加入了我们的队伍。在狭小的笼子里兜兜圈圈转了好多年，我可以向您保证，他们对自由都是无比向往。

赛先生，希望等我们明天到达农场时，您已经离开。

谨祝安好。

小山羊

蚊子写给一扇拒绝敞开的窗户的信

窗户女士：

我不确定您是否认识我，我就是那只每晚在您家房子外游荡的蚊子。我是双翅目里的佼佼者，修长的翅膀上布满了纵向的纹理，触角上长着最新潮的鞭毛，还有非常美丽的头部。要是您还不知道我是谁，不必担心，我不会生气的。每天夜里，我和其他成百上千的兄弟姐妹们来到您家门口，我必须承认，我们蚊子喜欢聚集在一起，特别是晚上。

正如您所注意到的那样，窗户女士，您所在的房子经过翻新整修，还搬进了一个新的家庭，变得尤为引人注目。之前，只有一位老先生住在这间屋子里，房间的各个角落就像是荒芜的沙漠一样。我们经常在屋子里逡巡游荡很长时间却一无所获，这的确是一种非常绝望的感觉。

然而，这都是过去时了，是他们搬来之前的事了！他们！所有蚊子的梦想！这真是完美的一家人，任何双翅目昆虫都忍不住垂涎欲滴！就像我还是幼虫时听过的那些最美丽的故事突然成了现实一样。我这一生永远都不会忘记他们到来的那天。经过数月的修理工程后，他们搬了进来，美好的、鲜嫩的、崭新的一家人！若我最终丧命蝇拍之下，最后的思绪将会停留在这家人身上：温柔的、浑身清香的母亲；剃光了胡须的父亲，尤其是那三个无敌可爱的小朋友。嗡嗡嗡！一想到这些，我的跗节就不住地颤动。

起初，当我发现无法进入孩子们的房间时，我并不十分担心。我想，多一点儿耐心，给他们点儿时间安顿好，不要过于心急。等到夏天来临，您仍然顽固地紧闭着，我开始有些怀疑了。诚然，我已经到了叮人的年纪了，我从来没见过任何一个像您一样冥顽不化的。然而，我也是只有见识的蚊子，经历过无数大风大浪。我飞越过无数潮湿的广袤平原，我生活在最美丽的河流边上，我舒服地躺在奇异的潟（xì）湖里休息。我还知道许多泥坑和发出潺潺流水声的淤泥地，还有干涸的池塘底咸咸的稀泥。我经历过高潮和低谷，也曾经在最肮脏的垃圾堆里艰难度日。然而，窗户女士，我从没有遇到过任何一位像您一样顽固封闭的人。残破的瓦块、摇摇欲坠的天窗、不严实的气窗、老旧的通风窗，我总是可以找到溜进去饱餐一顿的方法。但是在您这里，我只好无能为力地飞来飞去，白白扇动着我的翅膀，却毫无用处，我找不到任何可以进入的缝隙。

我觉得您应该是个直爽的人，那我就不绕弯子了：您能否给我一个进入房间的机会？晚上八点左右，夜幕初降的时候，或者是傍晚时分？您不必担心，我不会逗留太久。做快、做好，这是我的信条。正如我的祖父和两千个兄弟姐妹所言："扎一下，吸一口，起脚飞！"

您意下如何？这决不是什么罪大恶极的事情，只需要几分钟而已，这飞飞，那飞飞。您要知道，这一家人我势在必得！

期待与您达成一致，窗户女士，请接受我最热烈和崇高的敬意！

嗡嗡嗡

蚊子

窗户女士：

我怀着无比郁闷和失望的心情发现，您并没有给我答复。

即使我始终坚持我的要求，而且在您门口徘徊了好几个晚上，但您却仍然不愿意为我网开一面，现在我要大声控诉：

您拒绝让我进入位于一层的孩子们的卧室。

您给了我一种错觉，以为您会考虑我的提议，并且对未来的合作抱有期待。

您冷漠的态度越来越像是对我有误解。您要知道观点的差异并不能阻碍我们之间的礼节，并且我们可以，在不损害自己名声的前提下，和异见者通信。

鉴于上述差异，我想跟您强调以下几点：

我非常顽固倔强。

在这片街区里，我不是唯一一个有这种受挫感的。我甚至可以向您证明您已经成了众矢之的。在此附上由很多虫子签名的请愿书为证，其中有苍蝇、蚊子、小飞虫、蜘蛛、胡蜂、壁虱、跳蚤、虱子、牛虻、大胡蜂、蟑螂、臭虫和夜蛾（还有很多有头有脸的大人物，都向我们表达了他们的全力支持）。

若是您想用您的双层玻璃吓唬我，那您是打错算盘了。

尽管有些悲观，我还是保存着一丝希望，期待您能有所转变，如果您认可我的这种说法，我当然不想大家不欢而散，摔门而去。本着对话的精神，我建议我们重新回到谈判桌前。

窗户女士，希望您不要轻易错过这最后一次寻求解决办法的机会。

嗡嗡嗡

蚊子

窗户女士：

太可怕了！

简直是犯罪现场！

太粗暴了！

您怎么能做出这种事？

我完全被震惊了！我翅膀上的褶皱还没褪去，我的触角也被弄得一团乱。

怎么会发生这种事？

除了上次的活动，我平生还未参加过任何一次如此人多势众的集体行动。据说，昨天晚上，在您门口至少有上千只虫子。我知道您一定感到很惊讶，但所有人都明白，昨晚的集体出行绝对是在友好的氛围下进行的，虫子大队举着横幅前进，上面写着：

窗户们，加入我们吧！

窗户们，打开吧！

气氛异常美好，我们唱歌，我们齐声高喊着口号，我们

我们不会穿墙术！
帮帮我们吧！
窗户开大点，
理解多一点！
团结互助！！！
窗

是如此团结、强大，我们坚信您一定会做出退让，所有的一切都会改变，都会不同于以往。然后，突然一阵吱嘎作响，您打开了，我们都以为我们赢了。队伍中爆发出嘈杂的喧哗声，有些胆大的虫子开始大张旗鼓地向您靠近，然而，忽然一切都变了。一只罪恶的、残暴的手突然出现在您身后，它举着一支气雾喷射器，毫无同情心地将致命的气体喷向虫子们。

该怎么形容？我已经无法用语言表达了……

恐怖。

真是恐怖。

我身边有几百只蚊子趴在地上。还有许多蜘蛛、螨虫、跳蚤、虱子、胡蜂，他们痛苦地蜷缩着身体，虚弱地抖动着翅膀或是上颚，在做最后的垂死挣扎。到处都是这样的情形，太可怕了。他们四处打转、碰撞，新的受害者层出不穷，救援人员已经无能为力了。

该如何表述如此残暴的行径，像这样一场“大屠杀”？我再次找不到合适的词汇。窗户女士，当时的场景将会像噩梦一样伴随我整个余生。我永远都无法从脑海里把它抹去。

您呢？您还能像以往一样继续冷漠下去吗？您自己知道，您是害死我同伴们的同谋。窗户女士，您要知道，总有

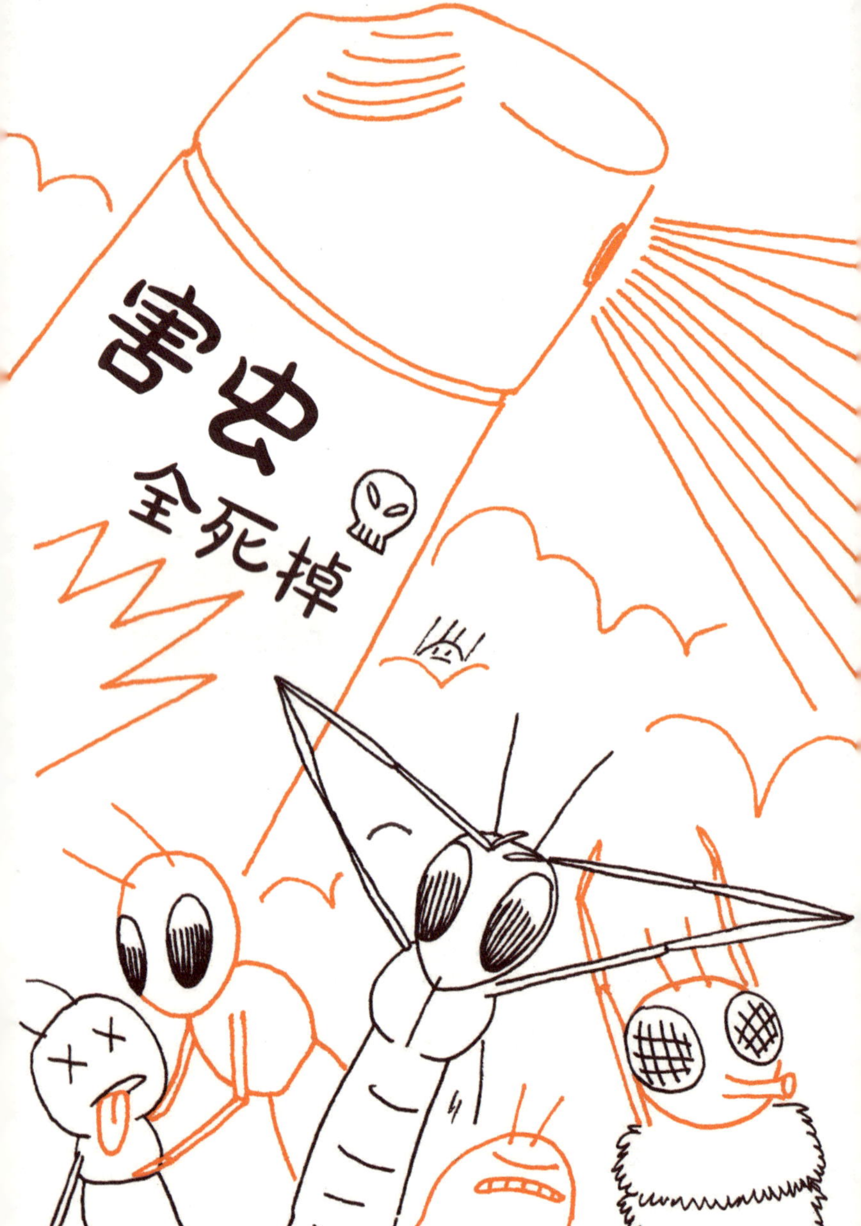
害虫
全死掉

一天您要为自己的行为负责的。您也必须知道，对话的时间已经过去了，是时候行动了。为了不让所有的蚊子、跳蚤、苍蝇、蟑螂白白送命。为了永远记住他们的名字。

嗡嗡嗡

蚊子

蚊子上尉致黄蜂上将战报

（绝密）

上将亲启，若出现被敌军截获的风险，请立即销毁。

我怀着激动的心情骄傲地向您汇报，我们第一和第二阶段的行动取得了胜利。今天早上，在我的指挥下，由多只蚊子、一只胡蜂、苍蝇、蜘蛛和多只跳蚤组成的突击部队于J日H点，趁敌军大扫除之时，悄悄地占领了敌军阵地。之后，他们运用了多种伪装技巧，巧妙地隐藏其中，等待着下一步行动的号角。

正如参谋部规划的一样，第二阶段的行动要在三个孩子躺到床上，熟睡之后进行。我们用惯用的技巧靠近他们，绕着圈，迂回前进，直到越来越靠近他们的时候，袭击正式开始。尽管那个五岁上下的男孩很明显是容易下手的对象，但我个人还是首先瞄准了这次行动的中心目标，那个有着圆滚滚的柔软臂膀的小女孩。与此同时，突击队的其他队员负责

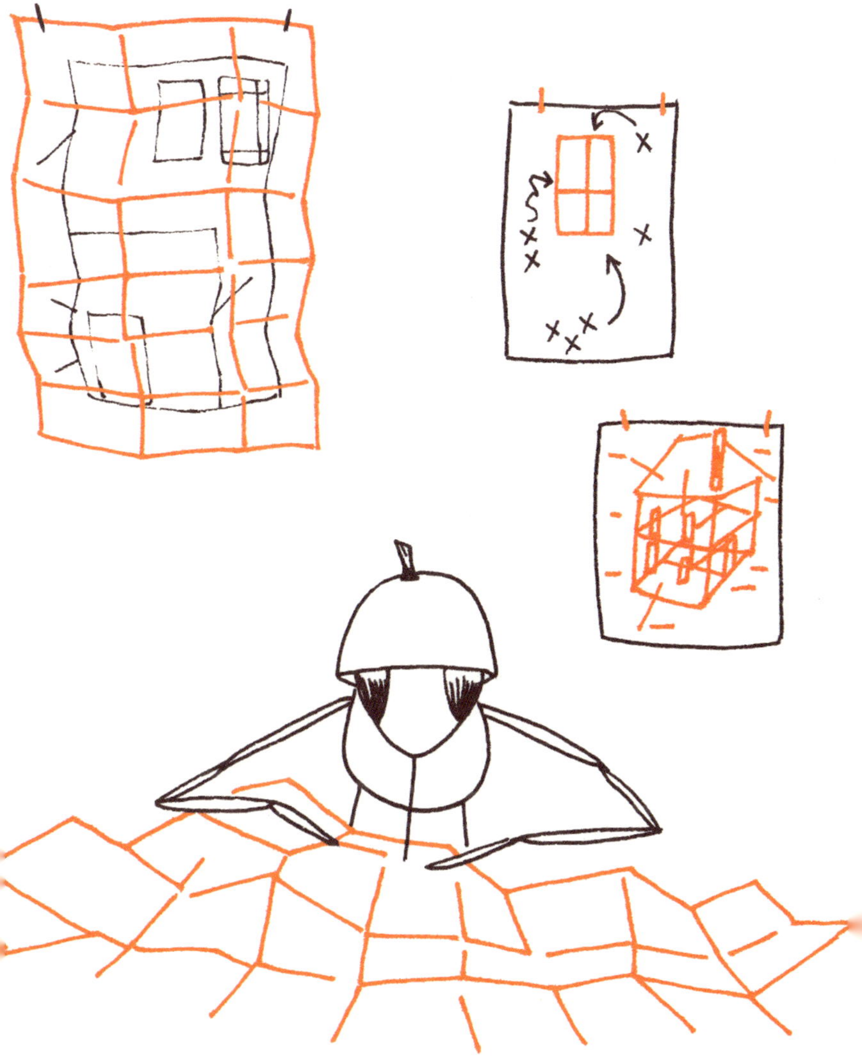

靠近在摇篮里昏睡的婴儿。大苍蝇四处采集细菌，跳蚤则神不知鬼不觉地藏在孩子们的头发里，为我们之后的行动提供消息。

行动本应该顺利推进，然而却被鲁莽的蜘蛛毁于一旦。当我下令战略性撤退的时候，蜘蛛没有立即行动，还趴在小女孩的身上，突然，小女孩醒了过来，看到了鼻头上那只多毛的大蜘蛛。忽然间，小女孩发出了比汽笛声还要尖锐的叫声，她就这样拉响了警报，招来了这家的父亲快速介入，他的拖鞋毫不留情地拍在我的同伴身上。说时迟那时快，他很快转向我们，若不是胡蜂英勇献身，我们的损失一定会更加惨重，为此我认为应该授予他“勇气与英勇”奖章。当一只小蚊子在敌人的鞋底垂死挣扎的时候，负责望风的胡蜂毫不犹豫地急速冲向这位父亲。“嗡——”他一边叫，一边撞向这位父亲，把自己的螯针深深地刺入他的胳膊。

这位父亲显然气得发了疯，他一边咆哮，一边四处乱拍。我正要下令结束这次行动，孩子们的母亲手持蝇拍，也加入了进来。这位可怕的敌人打开电灯，摧毁了我们在暗夜里的战斗优势。

在这里，我必须要强调窗户女士与敌人们同流合污的行径：她没有再打开过一次，丝毫没有为我们的撤退提供任何帮助。

幸运的是，就在此次行动即将面临惨败之时，奇迹发生了。正当那位父亲拿着他的武器拍打我们的弟兄时，突然间，他一失手，鞋子顺着一条错误的抛物线飞出，从我的触角旁嗖的一声划过，直接撞到窗户上，就这样，窗户玻璃碎了一地。趁着这突如其来的意外，我还在那位母亲的屁股上咬了一口。我随即召集剩余的空军飞行小分队，排着紧密的队形，发出一阵轰鸣声，以此显示我们大军的尊严。飞到室外后，我为我们重获自由感到庆幸，同时也为我们失去的同伴默哀。

向虫子们的勇气致敬！

蚊子上尉

小狗狗写给奶奶的信

亲爱的奶奶：

我犹豫了好几天到底要不要给您写这封信。这不是太容易的事情，因为我要告诉您的事一点儿都不酷。但是，这次您确实有些过分了。在您眼里，我不过还是那只几年前被您收留的小卷毛狗。您似乎并没有发觉我已经长大了，我现在已经是一只青年狗了，在街区里也是受人尊敬的，要是有人踩到了我的爪子，我会露出锋利的牙齿吓唬他们。您好像忘记了一个事实，我的族谱往前追溯，祖先可是狼。是啊，您一定很惊讶！您一定又要说我在编故事了，您是如此宠爱我，要是我还有点儿良心，应该立即停止抱怨。

我承认能被您收养是件很幸运的事情，您一直悉心照料我，但我也必须要说，我们住的小楼已经不再是天堂了。的确是这样，花园太小，铁路就从房子后穿过，每隔七分钟就有一班火车驶过，简直太吵了！瞧瞧与我们两条路之隔的布鲁特，就是我那个好朋友，您一定看到那栋别墅了吧，这才是像样的房子，连游泳池都有，我就不再跟您描述那个花园有多大了！

您总是跟朋友们夸耀，说我过得简直就像王子一样。别再夸大事实了！好吧，我睡觉的篮子确实很舒适，我饭碗里的食物也远好于果腹的水平，炸丸子虽然不是每天都有，但您经常去肉店专门为我买回大骨头。在冬天，因为您已经不再年轻，家里总是很暖和，这样的确也相当舒适。布鲁特的客厅全是大理石，确实有点冷，但他有一台特别大的电视，他那位年轻的女主人，您也认识，就是那位金色头发，有时周日会在家门口跑步，还有一辆黑色大汽车的女士。布鲁特从来都不用坐公车，他……

您一定会觉得我忘恩负义，您肯定会认为如果我还是只小狗，就不会这么多抱怨了，我可能还会觉得幸福。您的退休金不多，要改善条件确实很困难。不要再这么想了！我看到您走来，还是会让我忍不住想哭！当然了，我们度过了很多属于我们的美好时光，我并没有想抹掉过去。那些躺在您脚边看综艺节目的时光我永远都不会忘记。还有在路上散步的日子，那时您的膝盖走起路来还不像现在这么疼，每周六早晨的市场，肉店老板缇巴赫先生每次都会给我一片里昂干红肠。您说的没错，奶奶，永远不会有人能把这些回忆从我们的记忆里删除！

Kiki

我知道您爱我，和夏天街上成群结队的被遗弃的野狗不能同日而语！您总是一会儿摸摸我，一会儿“宝贝宝贝”地叫我，还有您的那些朋友，西蒙娜、嘉妮、宝莱特、罗贝特，每次看到我，她们都会给我一点儿小零食，热情得就好像几年没有见面一样。是啊，她们对我很好，这些老妇人们的口袋里总是装着小玩具或是一块巧克力……好吧，您会觉得我太固执，但布鲁特，他有一个私人教练，每周教练都会为他准备一些训练项目，他跳栅栏、钻管道、学格斗。这些都是很专业、很厉害的招数，没有任何一条狗敢在街上对他挑衅。

好了，我似乎有些跑题。我给您写信是因为我的生日礼物，我明白我把话题扯远了。我不该这么反应过激，但您也有责任。我给您列了一张单子。这所有的一切都是嘉妮引起的。有一次你们玩拼字游戏玩着玩着生气了，因为一个三个字的单词，结果呢？自从你们闹翻了，不再见面后，您又开始织东西了。我并不是反对您织毛衣，特别是每一针，每一排针脚都会让人心里觉得格外安宁，听着毛衣针发出的清脆的撞击声也让我觉得平静。哦，对了，我要说的是礼物的事情……橘黄色的外套，就是那件钩针大衣，我知道，这很复杂，尤其是创意很难。还有那几只小鞋子，苹果绿的……我

觉得很抱歉。我知道我做得不对，不应该在您睡觉的时候把这些东西撕碎。但是这件外套和这几只鞋子……您怎么会想到让我穿这么可笑的东西呢？试想一下，要是布鲁特和街区里的其他小狗看到我穿成这样！毫无疑问，这简直就是奇耻大辱！我会成为永远的笑柄……

要是您买了清单上的礼物，这件事就不会发生了。我不知道，似乎您并没有发现我已经长大了一些，我的声音也变了。好吧，那天，在小花园里，夜幕降临，月亮又大又圆，我对月长吠，像狼一样地嗥叫。坦率地说，要是您听到我当时的叫声，一定会大为震惊，您肯定不会再把我当成“乖宝宝”了。但是，夜里 11 点 49 分那趟火车，完全盖住了我的叫声，正因为如此，之后几天我的嗓子一直有点儿哑。我还不太习惯，但是我会继续练习，您看着吧，要不了多久，我就能像我的祖先那样嗥叫了。

我希望您读过我的信之后，可以停下手里为我织的怪异的衣服。我当时的确有些过于冲动，本来没有必要毁了那些东西，但您确实也应该做些努力，不是吗？买一个新的球给我，不需要太奢华，现在那个已经玩坏了。来吧，奶奶，来个酷点儿的，我向您保证，您要是想跟我握手，我会再把爪子伸出来的。

Kiki

好了，我就写到这里，我得出门去标记我的领地了，这才是最紧急的事情。我可不能让别的狗在我最爱的那个路灯脚下撒尿！

您的小狗狗

亲爱的奶奶：

说实在的，您简直太棒了。这真是太酷啦！今天早上，当我发现您特意把礼物盒摆在我平时睡觉的篮子前面的时候，我简直惊喜若狂。您应该看看我撕开包装纸的速度有多快！哇哦，一条镶着银色铆钉的项圈！跟布鲁特的那条一模一样！我太喜欢了，口水都要流下来了，尾巴也摇个不停！

我简直太开心了！虽然我把这些东西列在我的生日礼物单上，但实话说，我并没有抱太大的期望，我以为您不会同意让我带着这样的项圈在街区里溜达。但这确实会显得很酷！好吧，这个项圈对我来说稍微有点大，走路时必须当心，以防脚被绊住，尽管如此，这样也很有范儿！有天我走在路上，甚至有人看到我后主动给我让出了人行道。我知道您会跟我说：这些人都是小朋友，而且布鲁特就在我旁边。随您怎么想，我确信，他们之所以这样都是因为这条新项圈。

奶奶，您简直太酷了，我太爱您了！我下定决心一定要

皇家
贵犬

争得您的原谅。没错，您知道的，就是为了上一次……就是为了那件钩针大衣和那几只鞋子……您看着吧，我会重新向您举起爪子示好的，您一定会惊讶的！

深爱您的狗狗

亲爱的奶奶：

我真的不懂您到底想做什么。您简直太让人无语了！我以为我们已经达成一致了，您再也不会像对待小孩子一样待我了……但是，您又开始了！

您也不必装作无辜的样子。您不知道我生气的原因？骗得过谁呢？好吧，简而言之，不要再带我去散步了。结束了！从今天开始，我只在小花园里活动。

您想怎么样呢？让大家继续这样羞辱我，而不受任何惩罚？您把我当成一个小丑还是什么？还有，在我的朋友布鲁特和街区里其他朋友面前……该死，我简直是太蠢了，看到西蒙娜和罗贝特这两个疯女人向我走来的时候，我就应该有所察觉。我想告诉您一件事：您和她们两个在一起的时候简直糟透了。就像是三个癔（yì）病患者！你们的确就是这样的，我实在找不到其他的词儿。

好吧，从现在开始，在任何场合，无论是在家里，甚至是只有我们两个的时候，我都决不允许您再用以下这些名字

称呼我，这当然对您的那些朋友们也适用：“小乖乖”“乖狗狗”“小宝贝”或是“小心肝”。还有，我才不是您的“小毛球”、您的“亲爱的宝宝”“狗宝宝”或是诸如此类！当然，我也不是您的“毛绒绒、软乎乎的小宝宝”或者“小狗狗”！这些全都禁止，要是被别人听到了肯定都会瞎想。

说到罗贝特，她简直就是所有人里最可怕的一个，您应该跟她说明一下，以后不许她用圆滚滚的胳膊抱我，还有，不许让我只用两只后脚着地跟她一起跳舞。拍屁股、挠脖子也必须禁止！

简直太让人羞愧了！真是要让其他狗笑掉大牙了！他们肯定再也不愿意跟我说话了。还有邻居家那只长着一双猎狗眼睛的小母狗，我再也不必期待有一天可以和她一同玩耍了。沮丧和消沉侵蚀着我的灵魂，以至于有一天在花园散步的时候，我差点儿就被13点42分那趟火车给轧扁了。

好了，这下够清楚了吧，您还有您的朋友们，该收敛了！不管是在外面还是在家里，不管有没有小点心。不要想着你们可以收买我。你们要是仍旧不肯悔改，您是知道的，我一定会誓死抵抗！

狗狗

亲爱的奶奶：

您这么做真的太过分了！把我在储藏室里关了一个礼拜，这种惩罚也太夸张了吧！太不公平了！您正在挑战虐待动物的底线！我必须要告诉动物保护组织了！不论如何，我已经被逼疯了，只要一有机会，我一定会逃走的！没错，和我的兄弟布鲁特一起。要是我们能说服邻居家那只小母狗，她也会和我们一道的。即使没有您，我也应付得来。我们都是勇敢的狗狗。这段时间以来，街区里的人听到我们咆哮，甚至连看到我们的时候都有些害怕。再也回不去了，温柔的小狗狗已经决意要造反了！要是他们跟您抱怨说我们每天不停地叫，您应该告诉他们，我们不是在叫，我们是在嗥，像狼一样地嗥。我们是一个团体，我们知道怎么让人家尊重我们。那个敢来咬我们的球，在我们的路灯下撒尿，或是从我们嘴里抢走骨头的家伙还没生出来呢。

如果您还没明白是怎么回事，那就明说吧，我们现在是街区之王，千万不要招惹我们。要是这么说还不够让您

警醒，那您就想想布鲁特凶神恶煞的样子，想想他那一口尖牙，很吓人对吧？我很了解您，那么您应该听从我的劝告：千万不要用报纸卷拍打他的屁股，就像您对我那样。想都别想……他可是名副其实的格斗犬。

您要知道，我已经被关了三天了。您能不能放我出去见见小伙伴们？要是您能改变主意那就太酷了，这并不难，不是吗？凡事应该顺其自然，我已经不再是那只讨人喜爱的小狗了，奶奶，您应该照我说的来做，时间一点一点地流走，我再也不是那个小小狗了。我在不停地改变，我已经不喜欢看电视里的竞赛游戏，还有暑期档的电视剧了。我现在喜欢的是行动、历险。

还有被您永久没收的我的铆钉项圈，这太不公平了。您明知道发生的一切都不是我的错，都是因为您的朋友罗贝特。您也不要再说我没有尝试着努力过。尽管我很讨厌她摸我的耳朵，这让我觉得很痒，但每次她这么做的时候，我都忍着，不对她呲牙发火。但是每当她喊我“可爱的小狗狗”的时候，当她把那顶无边扁平软帽套在我的头上，弄得我看起来就像是一只普通的约克夏梗犬的时候，我都会发出愤怒的声音！我说的这些您都能理解吧？您也看到她的小腿肚了，那怎么能算是咬她呢，上面甚至都看不到牙印，我只是

家有
恶犬

轻轻地用牙齿硌了她一下，让她明白我的愤怒，也让她能离我远一些，不要再做出这样的举动。

奶奶啊，这周六我和布鲁特约好了在超市前的停车场见面，一起过周末的晚上。还有邻居家那只小母狗，她也会加入我们，您不能就这么把我关在这里啊。要是您愿意的话，作为交换，明天早上您醒来的时候，就可以看到我穿着您织给我的鞋子。我明天会特意早一点儿起床，反正之后也有的是时间回篮子里再睡个回笼觉。

要是这样还不够，好吧，我只好像大长假来临前那些被遗弃在家的可怜的小狗们一样，躲在角落里哼哼唧唧。为了自我安慰，我会想起今天早晨您特意指给我看的那块漂亮的告示牌。您还以为我会因此而感到羞愧，您要知道，那牌子可是我多年以来的梦想……这简直就是我能得到的最好的礼物。但愿整个街区都会知道！我就要成为街区里有名的狗了。“家有恶犬”，就跟布鲁特家门口那块牌子上写的一模一样！如果咱家也挂上这么一块牌子，隔壁那只小母狗一定会因此爱上我……谢谢您，奶奶！

小狗狗

图书在版编目（CIP）数据

39 封动物来信 /（法）菲利普·勒歇梅尔著 ;（法）黛尔芬·裴莱绘 ; 任真译. -- 成都 : 四川少年儿童出版社, 2024. 12. -- ISBN 978-7-5728-1827-1

I. I565.88

中国国家版本馆CIP数据核字第2024YS1303号

四川省版权局著作权合同登记号：图进字 21-25-029

39 FENG DONGWU LAIXIN
39 封动物来信

出 版 人：余 兰
项目统筹：高海潮
责任编辑：程 骥 梁佳妮
责任校对：王默志
美术编辑：李 化
责任印制：李 欣

著 者：[法] 菲利普·勒歇梅尔
绘 图：[法] 黛尔芬·裴莱
译 者：任 真
出 版：四川少年儿童出版社
地 址：成都市锦江区三色路 238 号
网 址：http://www.sccph.com.cn
网 店：http://scsnetcbs.tmall.com
印 刷：四川华龙印务有限公司
经 销：新华书店
成品尺寸：185mm×128mm
开 本：32
印 张：6.25
字 数：108 千
版 次：2025 年 4 月第 1 版
印 次：2025 年 4 月第 1 次印刷
书 号：ISBN 978-7-5728-1827-1
定 价：68.00 元

若发现印装质量问题，请及时与发行部联系调换。
地 址：成都市锦江区三色路238号新华之星A座23层四川少年儿童出版社市场发行部
邮 编：610023